伟大的音乐家

莫扎特传

[日] 萩谷由喜子 著　林依莉 译

广东人民出版社
·广州·

图书在版编目（CIP）数据

莫扎特传 /（日）荻谷由喜子著；林依莉译.
广州：广东人民出版社，2025. 7. --（伟大的音乐家）.
ISBN 978-7-218-18466-1

Ⅰ. I313.45
中国国家版本馆CIP数据核字第20259BN630号

著作权合同登记号　图字：19-2024-263号

音楽家の伝記 はじめに読む1冊 モーツアルト, Originally published in Japan in 2020 by Yamaha Music Entertainment Holdings, Inc. and authorized to translate to Chinese language through Copyright Agency of China Ltd., Beijing.
Copyright© by Yamaha Music Entertainment Holdings, Inc.

本书中文简体版专有版权经由中华版权服务有限公司授予北京创美时代国际文化传播有限公司。

MOZHATE ZHUAN
莫扎特传

[日] 荻谷由喜子　著　林依莉　译　　　　　　　版权所有　翻印必究

出 版 人： 肖风华

责任编辑： 吴福顺
责任技编： 吴彦斌　赖远军

出版发行： 广东人民出版社
地　　址： 广州市越秀区大沙头四马路10号（邮政编码：510199）
电　　话： （020）85716809（总编室）
传　　真： （020）83289585
网　　址： https://www.gdpph.com
印　　刷： 三河市龙大印装有限公司
开　　本： 880毫米 × 1230毫米　　1/32
印　　张： 8.75　　**字　　数：** 148千
版　　次： 2025年7月第1版
印　　次： 2025年7月第1次印刷
定　　价： 49.80元

如发现印装质量问题，影响阅读，请与出版社（020-87712513）联系调换。
售书热线：（020）87717307

也许是出于长久受制于父亲的节俭主义而产生的逆反心理，自从离开父亲，在维也纳开始独立音乐家生活以来，只要钱一到手，莫扎特就会在豪华的住房、时尚的衣物、美味的饭菜和娱乐享受上花得一干二净。这并不是因为他是个挥霍无度的人，而是因为，通过把劳动所得全部用在自己喜欢的居住环境和精神享受上，他就能够获得新的艺术灵感和旺盛的创作欲望。

目 录

001 序 章

011 第一章 最初的两次旅行

035 第二章 历时三年半的大西游

069 第三章 阻挠歌剧上演的敌人们

081 第四章 阳光普照的歌剧之国

107 第五章 再访意大利，三访意大利

127 第六章 安娜·玛利亚的悲剧

155 第七章 萨尔茨堡的笼中鸟生活

175 第八章 维也纳的宠儿

199 第九章 《费加罗的婚礼》与《唐·乔万尼》

219 第十章 最后的三年

251 参考文献

253 后　记

259 莫扎特的人生轨迹与历史事件

269 入门曲目推荐

序　章

奥地利这个国家的国土形状像一只头朝右的蝌蚪，萨尔茨堡就位于尾巴部分上侧的起点。利奥波德·莫扎特（Leopold Mozart）通过努力爬到了这座城市的官廷乐团演奏者的位置。有一天，他发现了年幼的儿子的音乐才华，决定予以培养。

奥地利中北部的古都萨尔茨堡正如"萨尔茨堡"（德语Salzburg，"盐城"之意）这个名字一样，自古以来就是繁荣的岩盐交易地。将城市一分为二的河流名为萨尔察赫河（德语 Salzach，意为盐之河），也是因为运盐船在这条河上来来往往而得名。

以这条河流为界，左岸（站在上游看左首）是中世纪以来被称为旧城的老城区，右岸则是近代开发的新城。

旧城是以萨尔茨堡的统治阶层及天主教高级神职人员所处的大主教宫廷（主教宫）为中心形成的。在那条最繁华的大街——谷物街9号的一家店飘来一股诱人的香味。这也难怪，店里摆满了火腿、香肠、各种奶酪、橄榄、三明治、水果干蛋糕等，吸引了众多前来品评的主妇，热闹非凡。这是一家被称为"熟食店"的出售外带食材的食品店。

还不只是好闻的味道。侧耳倾听，从建筑物的楼上传来一阵动人心弦的轻快钢琴声。

说是钢琴，但其实此事发生在18世纪，当时使用的是与现代钢琴结构不同的键盘乐器，所以姑且称之为大键琴（羽管键琴）。到底是谁在弹奏大键琴呢？

让我们看看房间里的情况。在建筑物四楼（按照欧式计数法则是三楼）的一个房间里，8岁的少女南妮尔（Nannerl）正在对着大键琴练习小步舞曲[1]。

哎呀，房间里还有一个孩子。这是个3岁左右的小男孩，好像是弹琴少女的弟弟。他本来正独自玩耍，现在停了下来

---

[1] 小步舞曲：起源于法国西部的舞蹈音乐，3/4拍，中等节奏。自从在法国国王路易十四的宫廷舞蹈会上使用后，这种舞曲便风靡欧洲。也有很多曲目并非用于实际舞蹈伴奏，而是单纯出于欣赏目的而创作。

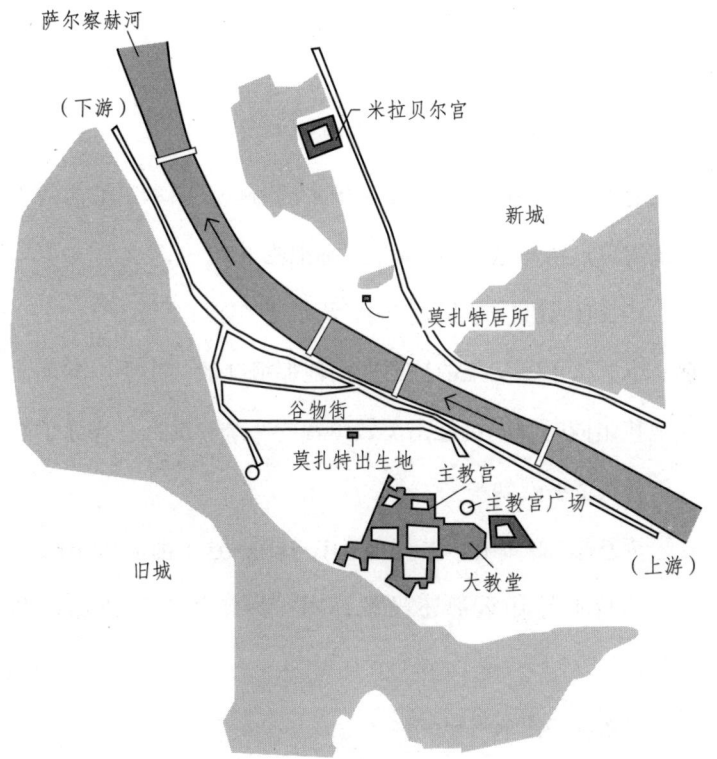

目不转睛地注视着姐姐练习的身影。

这时,门打开了,姐弟俩的父亲走了进来。

"哇!是爸爸!"

小男孩跌跌撞撞地跑了过来,让父亲抱了抱,然后高兴地在房间里蹦蹦跳跳起来。

"南妮尔,你练得真勤奋啊。很好很好,弹得真不错。不用看乐谱也能弹吗?"

"爸爸，您回来了。我基本上都记住了。不看乐谱也没关系。"

"是吗，累了吧？休息一下吧。"

南妮尔从大键琴的椅子上下来的时候，原本正忙活的小男孩突然跑到大键琴边，爬上了那把椅子。

"哎呀哎呀，你也要弹吗，沃尔菲？你可不行。"

小男孩不顾父亲的惊讶，用他那枫叶般的小手，准确无误地找出同时弹奏会发出美妙声音的两个琴键，一连弹了好几组，兴奋不已。

"爸爸，好听吧？你看，这个、这个、这个都很好听吧？"

"我不是什么都还没教你吗？你是怎么知道那些和声的？"

"爸爸，什么叫和声？"

"就是同时弹奏起来能产生美妙声音的音响组合。如果不和谐，就会产生混浊的、令人讨厌的声音。但是，你弹奏的都是好听的组合。"

"什么嘛，就这个呀，那太简单啦！因为美妙的声音在呼唤着我呀！"

"哎呀，真是惊人。那我也开始给你上课吧。"

这位父亲叫利奥波德·莫扎特，在大主教宫廷乐团担任第二小提琴手，是一位拥有"宫廷作曲家"称号的优秀音乐家。他出生在德国南部城市奥格斯堡一个以书籍制作为业的家庭，决心从事自己喜欢的音乐工作，并通过不断的努力获得了这个职位。

他与比自己小一岁的安娜·玛利亚（Anna Maria）在萨尔茨堡结婚，至今育有七个孩子，但是其中五个都在很小的时候就去世了，只剩下1751年7月30日出生的三女儿玛利亚·安娜（Maria Anna），昵称南妮尔，以及1756年1月27日出生的三儿子沃尔夫冈（莫扎特），昵称沃尔菲[1]。

当时，有很多孩子好不容易出生，却在婴儿时期夭折，像莫扎特家族这样七个中夭折五个的例子并不罕见，夫妇俩每年都要送走一个小小的棺材，他们的悲切是难以形容的。因此，他们对幸存的南妮尔和莫扎特倾注了无微不至的爱。

话虽如此，他们也并非一味溺爱。不管怎么说，父亲利奥波德是侍奉宫廷的音乐家。他认为，为了让孩子们过上心

---

[1] 沃尔菲：莫扎特的受洗名，即作为基督教徒，他出生时父母向教堂申报的名字——"约翰内斯·克里索斯特莫斯·沃尔夫冈格斯·提奥菲鲁斯·莫扎特"（Johannes Chrysostomus Wolfgangus Theophilus Mozart）。其中"约翰内斯·克里索斯特莫斯"取自圣人之名。"提奥菲鲁斯"是希腊语的名字，德语是"戈特利布"（Gottlieb），拉丁语是"阿玛德乌斯"（Amadeus）。所以莫扎特的德语名字省略了前面两个圣人的名字，变成了"沃尔夫冈·阿玛德乌斯·莫扎特"，而他本人只署名为"沃尔夫冈·阿玛德·莫扎特"，并不自称"阿玛德乌斯"。家人或亲近的人都称莫扎特为"沃尔菲"或"沃尔夫冈格鲁鲁"，意大利人则称他为"沃尔夫冈格"。

利奥波德·莫扎特

（图源自其著作《小提琴教程》初版）

莫扎特出生地（19世纪石版画）

灵丰富的人生，音乐比什么都重要。音乐可以成为心灵之友，如果有才华的话，说不定还能以音乐为业。因此，女儿南妮尔刚一懂事，就马上开始学音乐了。

那个时候，钢琴还没有像现在这样普及。人们普遍使用的乐器是类似拨弦古钢琴（Cembalo）这种大型键盘乐器，或击弦古钢琴（Clavichord）这种小型键盘乐器，它们发出声音的原理与钢琴不同，人们把这些统称为钢琴（Klavier）。利奥波德为了教南妮尔弹奏钢琴，把当时社会上常弹的适合初学者的小曲子按难易程度编排，制作了一本完全手写的练习曲集。

当时不像现在这样，可以买到带有精美插图和彩色图版、精心设计的入门乐谱。这本由利奥波德亲手制作的世上仅此一本的练习曲集，在莫扎特家被称为《南妮尔的音乐册》，备受珍视。

原本利奥波德以为现在就开始教比南妮尔还小五岁的莫扎特为时过早，但他看到儿子学着姐姐弹钢琴，便也开始用《南妮尔的音乐册》教莫扎特了。很快，他小小的儿子一下子就能弹奏小步舞曲和进行曲之类的小曲了。

"你已经学会了吗？太厉害了！"

"因为我的手指自己就动起来了，一点都不难啊！"

对莫扎特来说，练习钢琴就像是快乐的游戏。

由于儿子学得太快，利奥波德开始在音乐册的空白处记下他的进步情况。比如，在第八首乐曲的那一页是这样写的：

"这八首小步舞曲，沃尔夫冈格鲁（莫扎特的昵称之一）4岁时就学会了。"

再比如，在第十一首小步舞曲的空白处是这样写的：

"沃尔夫冈格鲁在5岁生日的前一天，也就是1761年1月26日晚上9点半，大约花了30分钟就学会了弹奏这首小步舞曲和三重奏。"

小步舞曲是盛行于17至18世纪的宫廷舞曲的一种，所谓的三重奏，指的是小步舞曲中间音乐动机[1]与之前截然不同的部分。

就这样，莫扎特记住了很多曲子，但这对他来说还不够。

有一天，结束了宫廷乐团工作的利奥波德带着好友，小号手沙赫特纳[2]回到家，发现莫扎特在桌子上铺开纸，一边往墨水瓶里蘸蘸羽毛笔，一边专心地写着什么。因为他不会用羽毛笔，墨水啪嗒啪嗒地在纸上滴得到处都是，晕开大片的污点，看不清写的是什么。利奥波德以为他一定是在忙着搞恶作剧，和沙赫特纳面面相觑，但又觉得很有趣，便问儿子：

---

1 音乐动机：明快或阴暗、愉快或悲伤、优美或激昂、紧凑或舒缓，决定一首曲子给予听众的整体印象。

2 沙赫特纳：约翰·安德烈亚斯·沙赫特纳（Johann Andreas Schachtner，1731—1795），萨尔茨堡宫廷乐团的小号手，和莫扎特一家关系很好。

"你在干什么?"

"我在作曲呀。"

"什么,作曲?"

"是啊,作曲。"

莫扎特一本正经地回答,两个大人吃了一惊。

"哎呀哎呀,快让叔叔看看!"

经常来他们家里玩的沙赫特纳,从莫扎特出生那天起就把他当成自己的儿子一样疼爱。沙赫特纳从男孩手中接过那张纸,仔细端详了一会儿,脸上浮现出惊讶的表情。

"这是沃尔菲你写的吗?!"

"嗯,是啊。"

"喂,你快看看!你儿子是个了不得的天才啊!"

利奥波德接过沙赫特纳递给他的纸一看,不由得惊叹。

"嗯,是真的。虽然满是墨渍,但仔细一看,这确实是新创作的乐谱,第一次见。"

"最重要的是,这完全是按照规则写的,从作曲上来说没有任何错误。是你教他的吗?"

"怎么可能,我是教了他一点钢琴,但作曲什么的我可一点都没教过啊。这孩子是怎么知道这些规则的呢?"

"而且,这首曲子还挺难的呢!"

话音刚落,莫扎特就满不在乎地说:"那是当然的。因为这是协奏曲,所以难呀。要想弹得好,必须多加练习。不过,我就能弹。喏,你们听听看。"

莫扎特说完,放下羽毛笔,对着钢琴弹奏起那首明快清新的自作曲。

"你听,这是风的声音,是不是沙沙地响?这是风吹过原野的声音。太阳公公在空中照耀四方,这是太阳公公的光亮的声音,温暖的声音。"

看着一边愉快地说话一边在琴键上舞动手指的莫扎特,利奥波德的眼眶里不知不觉涌出了热泪。儿子弹奏的音乐富有各种色彩,将他想描绘的场面和风景都清晰地传达了出来。善良的沙赫特纳也跟着哭了起来。

"怎么了?你们为什么哭?"

弹完后,莫扎特不可思议地抬头看着两人。

利奥波德拿起羽毛笔,在满是墨渍的乐谱上写下:"沃尔夫冈 5 岁零 3 个月自作曲。"

在写下这句话的同时,他萌生了一个决心。

——这孩子是神赐予的音乐天才,绝不能让这无可匹敌的音乐宝藏埋没在狭小的萨尔茨堡。让更多人知道这个孩子的存在吧!让这孩子去经历各种各样的事情,让他的音乐才华进一步发展吧!

好,等到合适的时候,就带着这孩子出去旅行吧!

CHAPTER 1 第一章

最初的两次旅行

莫扎特的第一次旅行是6岁时和父亲、姐姐一起去慕尼黑。同年秋天，母亲也加入了，全家四人前往维也纳，为玛利亚·特蕾西亚（Maria Theresa）女皇一家演奏，让女皇一家惊叹不已。但是，当时的旅行充满了危险，莫扎特还经历了他的第一场大病。

利奥波德计划的第一次旅行是去离萨尔茨堡最近的一个大城市,慕尼黑。

1762年1月12日,他带着10岁半的南妮尔和快满6岁的莫扎特从萨尔茨堡出发。妻子安娜·玛利亚留下看家。

虽然与母亲的离别让莫扎特有些难过,但有生以来的第一次马车旅行让好奇心十足的他十分兴奋。他先是去和车夫叔叔打了个招呼。

"叔叔,你好。叔叔,你喜欢我还是讨厌我呀?"

莫扎特总是对初次见面的人这样问。突然被这么一问,车夫一时间不知所措,迟迟没有回答,眼看着莫扎特的眼睛湿润起来。他好像觉得叔叔不喜欢他。

可不能让孩子哭。车夫慌慌张张地说:"我……我当然很喜欢你呀。"

话音刚落,莫扎特的心情就好了起来,又变得笑嘻嘻的了。

"我也很喜欢叔叔。"

接着他又问父亲:"爸爸,慕尼黑是个什么样的地方呢?"

"嗯,慕尼黑是巴伐利亚选侯国的首都。那里有漂亮的城堡,城里也很热闹。"

"这样啊。那里有很多点心店吗?"

"当然有。"

"那太好了。我们怎么还没到啊？"

"没那么快到的，途中还得住一晚旅馆呢。"

"太好啦！能住旅馆，真开心呀！"

慕尼黑位于萨尔茨堡的西北部，大约有150千米的路程。

马车旅行再怎么顺利，一天能走80千米就不错了。因此，从萨尔茨堡到慕尼黑，中途需要过夜，花上两天时间。

利奥波德之所以要在这个时候前往慕尼黑，是因为此时正值慕尼黑的狂欢节[1]。狂欢节期间会举办很多音乐会和舞会，他想让孩子们参加这些音乐会。

当时的音乐会并非普通市民只要买票就能随意入场，也不是面向所有人开放的，而是以王公贵族宫廷大厅或贵族沙龙等为表演场所，只邀请上流阶层参加的享乐会，观众都是那个城市的皇室贵族。如果让南妮尔和莫扎特在这样的音乐会中演出，大家一定会大吃一惊，孩子们在权贵间的评价也会变高。

当然，一介外地人突然去对素不相识又位高权重的人说："请让我们在你的音乐会上演出。"对方是不会搭理的。这种时候最重要的就是介绍信。深知这一点的利奥波德请求萨

---

1 狂欢节：天主教节日之一。因为复活节前40天要开始进入不吃肉的四旬节，所以在此之前便有供人娱乐的热闹节日，也称为狂欢节。其间会举办盛大的戏剧表演、化装游行等活动。

尔茨堡的大主教给慕尼黑的宫廷写了一封介绍信。只要有这封信，就可以让孩子们在慕尼黑的宫廷里演奏。

在马车里，利奥波德好几次把手伸进上衣口袋仔细检查，生怕弄丢这封重要的介绍信。

话说回来，这辆马车还是太小、太挤了。他们行走的道路自然是没有修整过的，而车轮又是木制，路上只要遇上石头或小路坑，车身就会摇晃得厉害。一旦碾过大石头，车轮就会坏掉。每到这时，他们就得从马车上下来，在外面等着车夫修理完毕。而且，每次进入不同的领邦[1]都要接受海关的检查，所以利奥波德始终没法安下心来。

沿路别说是可以休息的旅馆，就连饮水的地方都没有。旅程算不上舒适，但年幼的莫扎特觉得途中的景色和经过的城镇都十分有趣，每当发现什么新奇的事物，就会大声欢呼。

第二天傍晚，马车抵达了慕尼黑。利奥波德凭借那封介绍信，让孩子们在巴伐利亚选帝侯[2]马克西米利安三世的宫廷

---

1 领邦：指1871年德国统一之前，德国境内存在的几个独立小国。每个国家的首都都有宫廷和君主。

2 巴伐利亚选帝侯：1648年至1805年间，相当于现德国巴伐利亚州一部分的领邦——巴伐利亚选帝侯领地的君主。他是众多领邦君主中地位最高的"选帝侯"之一，拥有任命神圣罗马帝国君主的权力。

里表演了水平不亚于成年人的钢琴演奏,成功地让宫廷里的人们惊讶得瞠目结舌。

之后正好有意大利歌剧上演,一家三口观赏了歌剧,三周后意气风发地回到了萨尔茨堡。

慕尼黑之旅的成功让利奥波德充满自信,他把下一个目的地定在了维也纳。

神圣罗马帝国[1]的首都维也纳。

在这里,著名的音乐家以哈布斯堡家族[2]的宫廷为中心展开着活跃的音乐活动。这是一座文化城市,被称为"音乐之都"。与慕尼黑相反,它位于萨尔茨堡的东北方向,直线距离有300千米左右。虽然比慕尼黑远,但因为有了前一次旅行的体验,孩子们也不会觉得有什么负担。

一定要进军这座"音乐之都"。

确立目标后,利奥波德比平时更加热心于宫廷乐团的工作,以赢取大主教的器重。一天,他申请休假,欲前往维也纳旅行。

---

1 神圣罗马帝国:历史上的国家,国土横跨现德国、奥地利、捷克、意大利北部。国名的意思是受到罗马教皇支持的国王(罗马国王)的帝国。始于9—10世纪,中世纪以后,作为德意志民族国家的色彩增强,存续至1806年。

2 哈布斯堡家族:长期担任奥地利君主的王室。

"主教阁下，今年秋天我想带着妻子、小女和犬子去维也纳，一定要让弗朗茨皇帝和玛利亚·特蕾西亚女皇两位陛下以及哈布斯堡王室的各位听听我的孩子们的演奏。如果能让两位陛下满意，我想这也会成为萨尔茨堡的荣誉。"

萨尔茨堡大主教施拉滕巴赫伯爵[1]原本就高度评价利奥波德作为音乐家的能力，他也很明白莫扎特家的两个孩子表现出了非同一般的音乐才能。

——的确，如利奥波德所说，如果这两个孩子的演奏在维也纳获得好评，那么也会提升萨尔茨堡的名气。

想到这里，大主教爽快地批准了带薪休假，还给他们途经之地的权贵、维也纳的宫廷，以及他以前认识的贵族们写了好几封介绍信。

接下来就是筹措旅费了。

利奥波德决定向房东哈格瑙尔[2]借这笔费用。

哈格瑙尔是莫扎特家所在的五层建筑的所有者，也是一

---

[1] 施拉滕巴赫伯爵：西吉斯蒙德·克里斯托夫·冯·施拉滕巴赫（Siegmund III. Christoph Graf von Schrattenbach, 1698—1771），1753年起担任萨尔茨堡大主教，直到去世。

[2] 哈格瑙尔：约翰·洛伦茨·哈格瑙尔（Johann Lorenz Hagenauer, 1712—1792），莫扎特一家居住了26年的萨尔茨堡旧城区谷物街9号建筑物的所有者。他在建筑物一楼经营食品店，在当时萨尔茨堡十二家同类商店中保持规模第四。莫扎特一家开始旅行后，他经常爽快地为他们提供资金赞助。

楼面向大街那家食品店的店主。哈格瑙尔家与莫扎特家交往很密切，南妮尔和莫扎特时常去他的店里玩，期待得到点心。

哈格瑙尔一直对南妮尔和莫扎特姐弟令人眼前一亮的钢琴演奏赞叹不已，他非常乐意帮助利奥波德实现去维也纳宫廷展示姐弟俩神童风采的远大理想。

"可以啊，莫扎特先生。旅费不管多少我都可以借给你。请不要忘记，萨尔茨堡的哈格瑙尔是沃尔菲少爷的第一个支持者。祝你们成功。到了维也纳后，一定要把那边的情况告诉我。"

就这样，9月18日，莫扎特一家启程向东。这次旅行母亲安娜·玛利亚也一起参与，非常喜欢妈妈的莫扎特高兴得在马车里一直嬉闹。

"妈妈，你带便当了吧？"

"带了带了，森梅尔面包（奥地利人常吃的带有星形切口的圆面包）和奶酪就在这个手提袋里。"

"啊，太好了。妈妈，马车摇晃得很厉害吧？不过车夫叔叔牢牢地拉着缰绳呢，不用担心。"

"沃尔菲比妈妈更了解马车呢。"

"是啊，我什么可以告诉妈妈。对了对了，路上到处都有马。要是马累了，随时可以换一匹精神的马。"

这次旅行，除了一家四口，利奥波德宫廷乐团的工作伙伴、巴松管[1]演奏者兼抄谱员约瑟夫·理查德·埃斯特林格（Joseph Richard Estlinger）也同行。

他们每到一个地方，只要看到自己没有的乐谱，就一定要抄下来带回去。因为没有复印机，只能用手抄。新作完成的时候，必须誊成干净的乐谱。如果某首曲子需要几个人一起演奏，就需要乐谱的副本和分谱。这种时候能熟练自如地抄写乐谱的人就是抄谱员。抄谱需要很高的能力，而埃斯特林格的技术非常出色。

就这样，一家四口加上埃斯特林格共五人乘坐邮政马车离开了萨尔茨堡——当时，乘坐运送邮件的马车对普通人来说是最方便的出行方式。第一个目的地是位于东北方向100多千米的巴伐利亚选侯国的城镇帕绍。这里是多瑙河、因河、伊尔茨河三条河的交汇处，是水上交通的要冲。

到了帕绍，下了马车，利奥波德对大家说："好了，从这里开始我们乘船旅行。看，这就是我们要乘船而下的多瑙河。南边是因河，北边是伊尔茨河，它们在这里和多瑙河汇合。如果登上高地，就能看到三条河交汇的样子。"

面前汩汩流淌的多瑙河河面非常宽，衬得散布在遥远对岸的建筑物就像玩具屋一样。

---

1 巴松管：木管乐器中音调最低的乐器。

"太棒了！这么宽的河，我还是第一次看到。"

"真的，比萨尔察赫河宽好几倍呢。能乘船真是太高兴了。"

但是，一行人并没能马上坐上船，因为帕绍大教堂的福尔斯特主教派来使者，请他们务必前去演奏。

"我们非常乐意前往。"

利奥波德答应了，但对方说日期改日再告知，于是他们在旅馆待命。然而，第二天、第三天……一直都没有人来召见他们，旅馆的费用不断增加。好不容易等到了邀请，却只请了莫扎特，没有南妮尔。

"啊？只有沃尔菲吗，为什么？"

"你当然也弹得很好，这肯定是因为主教不喜欢让女孩子在大教堂里演奏。可怜的孩子，你就和妈妈一起留在旅馆里吧，在街上散步也没关系。"

利奥波德安抚好南妮尔，带着莫扎特和埃斯特林格前往大教堂。莫扎特在福尔斯特主教和那些神职人员面前非常熟练地弹奏了各种各样的古典乐曲。尽管如此，酬金却寥寥无几，远远不够五个人五天的住宿费。利奥波德很失望，但他不想让妻子和孩子们担心。他努力用爽朗的声音说："好了，我们去下一个城市吧！"

9月26日清晨，一行人上了河船。

那个时代还没有开发出带有动力装置的船，能坐的不是手摇船就是帆船。多瑙河上行驶的河船是帆船。逆流而上的时候，如果船帆操纵得好，就能迎风前进。当光靠船帆的力量不足以行驶时，船夫就会摇桨划船。要是遇上了湍急的逆流，靠船帆和摇桨都行驶不了，船夫就会给船绑上绳索，让马在岸上牵着走。

他们此行是往下游走的，所以没有那样的必要。一行人乘坐的船很快沿着多瑙河而下，在当天傍晚时分抵达了林茨的码头。

这个城市里的贵族施利克伯爵很快为他们举办了一场音乐会。

施利克伯爵和福尔斯特主教不同，他从不歧视女孩子，所以南妮尔也经常参加音乐会，和弟弟一起演奏，让大家眼前一亮。

"我听到了奇迹。从没想过这么小的孩子们能演奏得这么出色。"

伯爵不停地发出感叹，不仅给了他们一大笔酬劳，还提出了一个令人意想不到的提议。

"好，我给朋友们写了介绍信，你们就在这里住一段时间，去我朋友们那里转转吧。如果之后你们还会在沿途的城镇停留，我和妻子就先去维也纳，把你们要来的消息通知宫廷和贵族。只要有这样的好评在先,马上就会有很多人来找你们的。总之,就交给我吧,我们在维也纳再会。"

"那真是太求之不得了。"

利奥波德十分感激,在林茨又逗留了一段时间。施利克伯爵的口头宣传起到了很好的效果,其他贵族纷纷发来请帖。无论在哪里,姐弟俩的演奏都大受好评。莫扎特不怕生的天真举止也引来了大人们善意的微笑。

"明明今天才第一次见到这些人,你简直像一出生就认识他们一样。"

利奥波德自言自语道。正如他所说,莫扎特和任何人都能很快地打成一片,他可爱的聊天方式深受大人们的喜爱。

10月4日,一行人再次登上多瑙河上的班轮,前往维也纳。

6日下午,船抵达目的地维也纳的码头。但是他们不能马上离开码头,因为要接受海关检查。乘客们必须排队等候检查,在海关工作人员面前逐一打开行李,说明随身携带的物品。这个过程很费时间,令人厌烦。

不过,莫扎特一家的审查工作却眨眼间就结束了。

海关工作人员的目光停留在小小的小提琴盒上,正要发问时,爱亲近人的莫扎特先开口了。

"叔叔,这是我的小提琴哦。"

"啊？小朋友，你会拉小提琴吗？"

"嗯，我拉给你听听。"

海关职员对小小少年流畅动听的小提琴演奏十分佩服，不经审查就让他们通过了。

就这样，一行人终于踏上了音乐之都的土地。但不巧的是，天空下起了冷雨，一连下了好几天。

利奥波德担心这样的天气里音乐会可能会变少，但这种担心是多余的。林茨的施利克伯爵的前期宣传发挥了巨大的作用，从10月9日科拉尔托伯爵府邸的音乐会开始，到埃斯泰尔哈吉侯爵、考尼茨伯爵……他们连日被各个贵族府邸邀请，而且都是姐弟俩一起。

无论被邀请到多么气派的府邸，无论在多么位高权重的人面前演奏，南妮尔和莫扎特都毫不怯场，就像平时在家里弹钢琴一样，甚至比平时弹得还要好，于是贵族间对他们的评价越来越高。

"听说有对神童姐弟从萨尔茨堡来了，真想听他们演奏一回。"

"哈哈，我已经听过了。"

"啊！在哪里听的？"

"前天晚上，科拉尔托伯爵办了一场音乐会。"

"真让人羡慕。"

这些传闻当然也传到了宫廷里。皇帝一家和贵族们一样好奇，都想近距离观察、聆听神童姐弟的演奏。

10月10日，等待已久的宫廷使者带着印有皇室纹章的书信来到了旅馆。

"这是来自城堡的邀请。让我们三天后一起过去。好了，终于可以演奏给皇帝陛下和玛利亚·特蕾西亚陛下听了。"

"哇！皇帝陛下！女皇陛下！太棒了！"莫扎特发出天真的欢呼。

10月13日，在莫扎特一家下榻的简陋旅馆前，停了一辆引人注目的豪华马车。车身的边缘和车轮的轴子都金光闪闪，车厢的门上雕刻着威严的皇室纹章。孩子们自不必说，就连利奥波德、安娜·玛利亚和埃斯特林格也从未见过如此豪华的马车。一行人压抑着激动的心情，坐上了马车。

马车向西南方向疾驰，穿过维也纳的街道。

"那是斯蒂芬大教堂！"

"这是霍夫堡宫！"在欢呼声中，他们终于到了皇帝一家的离宫——美泉宫。

走进大门，映入眼帘的是构造精巧的左右对称的广阔前庭。庭中的绿色山丘上耸立着一座高大美丽的建筑物，形状犹如一只大鸟展开左右两翼。这座宫殿宽约175米，深约55米，外观为巴洛克式，居住着玛利亚·特蕾西亚女皇和她的丈夫弗朗茨一世皇帝一家。

玛利亚·特蕾西亚是前神圣罗马帝国皇帝卡尔六世的女儿,她嫁给了洛林公国君主的次子弗朗茨·斯蒂芬,夫妻共同统治奥地利。所以准确地说,她并不是"女皇",而是皇后兼共同统治者,在此,我们姑且称她为"玛利亚·特蕾西亚女皇"。

当时的皇子公主,一般都是按照父母的规定与陌生人结婚的,但这对夫妇是例外,他们因对彼此怀有好感而步入婚姻殿堂。皇帝一家子嗣颇多,膝下有5子11女共16名子女,长子还迎娶了王妃,可以说是一个非常庞大的家族。

这一天,皇帝一家和大臣们聚集在宫殿大厅里等着莫扎特一家的到来,心里充满了好奇:萨尔茨堡的神童姐弟到底是怎样的孩子,他们会带来怎样精彩的演奏?

在侍从的带领下,莫扎特一家走进长长的走廊。高高的圆顶天花板上绘有各式各样的图画,每隔一段就挂着一盏华丽的吊灯。走廊两侧,希腊神话中女神造型的烛台闪闪发光。一行人一边为壮丽的景象惊叹一边向前走,还穿过了许多装饰各异的漂亮房间。

终于,他们走到了一扇气派的大门前,里面就是皇帝一家迎接他们的大厅了。

"请从这边慢慢走进去。"侍从停下脚步说道。那扇门静静地向两侧打开。

里面是多么耀眼的大厅啊!

拱形高窗的边缘金光闪闪,天花板上俯瞰众人的大型宗教画也镶着金边。白色的墙壁反射着众多吊灯的光芒,到处都是亮堂堂的。

一家人战战兢兢地走了进去。正对面的座位上坐着玛利亚·特蕾西亚女皇和弗朗茨一世皇帝一家。

"向两位陛下问好。"在侍从的催促下,利奥波德恭恭敬敬地请安。

"今天承蒙盛情邀请,我们感到非常荣幸。我是萨尔茨堡施拉滕巴赫大主教宫廷的小提琴演奏家,我叫利奥波德·莫扎特。我还有'宫廷作曲家'的称号。这两个是稍后要演奏钢琴的孩子,这是姐姐玛利亚·安娜。"

南妮尔走上前行了一个宫廷礼,她抓起礼服的下摆,一只脚向后拖,深深弯下腰。她为了今天这个动作已经练习了好几次,做得相当熟练。

接着,就在莫扎特走上前准备模仿姐姐行礼的瞬间,他的脚在平整的木地板上打了个滑,动作夸张地向后摔了一跤。

大厅人群中爆发出一阵笑声,这时,从皇帝一家的座位里冲出一位与莫扎特年龄相仿的可爱公主,她迅速向莫扎特奔去。

"你没事吧？疼不疼？"

公主一边扶起少年，一边温柔地说。

莫扎特笑了，丝毫没有害羞的样子，"谢谢！公主人真好呀，你几岁了？"

"快7岁了。"

"这样啊，等我长大了，就娶你为妻。"

大厅里的人都吃了一惊，但都微笑看着两人。面对身份尊贵的公主，儿子说话这么亲昵会不会挨骂，会不会惹皇帝夫妇不高兴，然后取消宫廷演奏？利奥波德始终捏着把汗，见到宫廷里的人们表现得这么宽容，他松了一口气。

这位亲切的公主是玛利亚·特蕾西亚女皇和弗朗茨一世的小女儿——玛利亚·安东尼亚，她只比莫扎特早两个月出生，基本是同龄人。

实际上我们并不清楚这样的场面当天是否确实在美泉宫上演，但是也没有证据证明这件有名的逸事是编造的。

不过如果这段对话的确发生过，那么很遗憾，莫扎特的承诺并没有实现。因为8年后，玛利亚·安东尼亚的名字改成了法国风的玛丽·安托瓦内特——她嫁给了法国的皇太子。

总之，当天南妮尔和莫扎特不仅各自展示了精彩的钢琴演奏，还用布把琴键盖上、不看键盘进行演奏，或是只用一只手指弹奏出美妙的旋律，让皇帝一家非常高兴。尤其玛利亚·特蕾西亚女皇心情非常好,她对莫扎特说:"来,到这边来,亲我一下。"

莫扎特高兴地跑到女皇身边,坐到她的膝盖上,感激地亲吻了女皇的脸颊。女皇也给了他雨点般的亲吻。

——噢,女皇陛下正在亲吻小音乐家!

大厅里的人群中爆发出一阵骚动。

莫扎特还弹奏了维也纳著名的宫廷作曲家瓦根赛尔[1]所作的曲子。当时,莫扎特毫不胆怯地说了这样一句话,让人们大吃一惊——"我要弹瓦根赛尔老师的曲子。我想请老师帮我翻乐谱,他在哪里呢?"

突然被小朋友点了名的瓦根赛尔虽然很吃惊,但还是答应了翻曲谱的任务。一开始,他还有些不高兴这样被小孩使唤,但演奏一开始,他立刻忘记了这一切,专心听着莫扎特完美无瑕的演奏,丝毫没有掩饰自己的感动。

这一天,一切都很顺利,利奥波德收到了超出预想的高额酬劳和豪华纪念品,心情绝佳。

第三天,宫廷又派来了使者。

"这是玛利亚·特蕾西亚陛下的礼物,请收下。"

---

[1] 瓦根赛尔:格奥尔格·克里斯托夫·瓦根赛尔(Georg Christoph Wagenseil,1715—1777),出生于维也纳的作曲家、键盘乐器演奏家。1739年被任命为维也纳宫廷作曲家,一生侍奉宫廷,受到人们的尊崇。

玛利亚·特蕾西亚　　　　　7岁左右的玛丽·安托瓦内特

打开使者送来的两个大箱子一看，原来是送给南妮尔和莫扎特穿的最上等礼服。

女皇有很多孩子，所以让使者送来了王子公主只穿过一两次的礼服。给莫扎特的是马克西米利安王子的三件套礼服，紫丁香色布料，镶着金边。南妮尔得到的是一件来自与她年龄相仿的公主的礼服。优质的丝织品上缀满了豪华的金线刺绣，袖口处点缀着好几层华丽的蕾丝花边。

莫扎特兴奋得不得了，而南妮尔作为女孩子的喜悦之情更是弟弟无法理解的，她把礼服裹在身上，在镜子前一动不动，出神地站了好久。

"啊，穿上这个，大家一定都会以为我是公主的。"

"真好呀，这也是因为你钢琴弹得好。"

母亲也笑眯眯地夸赞女儿，利奥波德立刻给萨尔茨堡的房东哈格瑙尔写了一封信，详细介绍了这些礼物。这既是为了让哈格瑙尔放心，也是为了让这位房东向萨尔茨堡的人们宣传他们的成功。

除了书信，他还把皇帝和贵族们的酬劳交给从维也纳回萨尔茨堡的朋友，以偿还欠哈格瑙尔的部分债。在这一点上，利奥波德非常认真且诚实。

一周后，皇室又召见了利奥波德。

到了宫廷里，皇帝一家说想再听一次孩子们的演奏，所以希望他们在维也纳停留一段时间。他们还得到了100杜卡特作为其间的滞留费用,这相当于利奥波德一年的工资。

一家人将在10月21日重访美泉宫。

但是,20日晚上,莫扎特的身体开始出现问题。

"喉咙火辣辣的,头也痛,肩膀也痛,什么都不想吃。"

大家看莫扎特的眼眶红红的,给他吃了路上带着的黑色药粉,让他早点睡觉。当天他勉强在宫廷里演奏了,可回到旅馆时却开始发烧,手脚上起了红色的湿疹。

这也难怪。莫扎特本来体质就不是很好。舟车劳顿已经让他疲惫不堪,再加上在维也纳连续几天受到宫廷和贵族的邀请,他的体力已经到了极限。

父亲和母亲一边向神明祈祷,一边给他吃黑色药粉和家里常备的肠胃药,把湿布放在他的额头上,拼命地照顾他,当然,对于贵族们的邀请,也一概说明原因推辞了。

然而,三天过去了,莫扎特的病情没有丝毫好转。利奥波德前往一位热心的贵族家里说明情况,请他们帮忙介绍一位技术高超的医生。

也许是适当的治疗起了作用,莫扎特退烧了。医生说莫扎特的病是现在维也纳流行的猩红热的一种。他们还被告知这个病有传染性,所幸并没有传染给体质好的南妮尔。

又过了几天,莫扎特身上的红疹消失了,体温恢复正常,也有了食欲。

"我肚子饿了,想喝汤。"

——啊,太好了。这下有救了。

父母两人拥抱在一起,为儿子的康复感到高兴。

利奥波德向维也纳的贵族们传去了"儿子已经康复,随时可以来访"的消息,等待着新的邀请。他写信给萨尔茨堡的哈格瑙尔告知这件事的来龙去脉,并向施拉滕巴赫大主教申请延长休假,为下一次邀请做准备。

然而,贵族们虽然送来了羽绒被、上等睡衣、时令水果和甜点等慰问品,却再也没有发来任何邀请函。

这孩子之前那么受欢迎,现在到底是怎么了?

利奥波德很不解。其实,小心谨慎的贵族们一听说传说中的天才儿童患上了传染病,就吓得浑身发抖,他们绝对不会把这么危险的少年迎进自己的府邸。

正当利奥波德大失所望时,一位不在维也纳而是在东边的匈牙利的贵族邀请了他。他好像不知道天才少年得过猩红热。

于是,一行人把大件行李留在维也纳借住的房间里,沿着多瑙河继续往下走,来到匈牙利城市普雷斯堡。他们在这里也取得了不错的成果,然而就在准备返回维也纳时,却轮到利奥波德自己牙痛得厉害,甚至人也动弹不得。根据利奥波德写给哈格瑙尔的信,他并没有蛀牙,但是整排上牙都很痛,脸也肿了起来，症状非常严重，几乎脱了相。

利奥波德不得已只好在普雷斯堡休养了四天。等到他的牙痛有所缓解的时候，多瑙河又因为寒冷的天气开始结冰，不通船了。于是，利奥波德从当地的马车行买了一辆二手马车。

平安夜的早晨，一行人乘坐这辆马车从普雷斯堡出发，好不容易在晚上八点半回到了维也纳的房间。

在维也纳，他们重整行装，在新年前一天离开了这里。

就这样，出发三个半月后，在1763年1月5日，他们终于回到了萨尔茨堡。

CHAPTER 2 第二章

历时三年半的大西游

维也纳之旅的成功使利奥波德更加自信,接下来他的目的地是欧洲的两大城市——巴黎和伦敦。神童姐弟一路上在许多城市举办了演奏会,还在巴黎和伦敦为国王一家演奏,备受赞赏。不过,莫扎特最大的收获还要数在伦敦接受了克里斯蒂安·巴赫的教导。

一家人回到家乡，立刻成为整个萨尔茨堡的话题。莫扎特家的天才儿女曾踏入维也纳的美泉宫为皇帝一家和大臣们演奏，享受盛赞，莫扎特甚至被玛利亚·特蕾西亚抱到膝上亲吻……

还有比这更高的荣誉吗？这难道不是萨尔茨堡的骄傲，不是我们的骄傲吗？

亲朋好友们争先恐后地把他们一家请到自己家里，听他们讲述维也纳的故事。来到莫扎特家的客人则对皇帝和贵族赠送的各种纪念品饶有兴致。南妮尔和莫扎特的高档礼服备受大家称赞和羡慕。

"嚯，真漂亮啊！这就是哈布斯堡王子公主们的礼服吗？真是养眼啊！"

"能不能穿到身上让我们看看？只穿上衣就行了。"

——如果一一穿上给人看的话，贵重的礼服会被弄脏的。对了，画张肖像画吧。这样一来，只需给大家看看画就可以了，还能永远留下孩子们现在的样子。

利奥波德这么想着，开始寻找技术高超的画师，碰巧这时有位叫皮耶特罗·安东尼奥·洛伦佐尼（Pietro Antonio Lorenzoni）的意大利画师接到了一位贵族的肖像画订单，正住在萨尔茨堡。他立刻将画师请来了。

"好了,小少爷,请把身体朝向钢琴,把脸朝向这边。对了对了,右手叉腰,背要挺直,左手轻轻塞进上衣里面。没错,没错。嘴巴合起来,摆个好表情哦。"

莫扎特很好动,让他老老实实地保持这个姿势是不可能的。

"必须保持这个姿势吗?不能呼吸吗?"

"呼吸还是可以尽情呼吸的。"

"啊,太好了。不然我可就没命了。啊,我眼睛痒了,我可以挠一下吗?"

在这样的骚动中画下的就是著名的《穿礼服的南妮尔》和《穿礼服的莫扎特》。

画完成后,利奥波德邀请房东哈格瑙尔、邻居和宫廷乐团的同事到家里来看画。

"哎呀,真是太棒了,怎么看都像是公主和王子。"

"真的很合适。有这么优秀的孩子,莫扎特真是太幸福了。"

也许正因为孩子们在维也纳的成功,利奥波德如愿晋升为副乐长。前一年的6月,担任乐长多年的约翰·恩斯特·埃柏林去世(Johann Ernst Eberlin),他的位子空了下来,来自

穿礼服的南妮尔  穿礼服的莫扎特

父亲利奥波德  母亲安娜·玛利亚

意大利的副乐长朱塞佩·洛利（Giuseppe Lolli）升上了这个位子，就给利奥波德腾出了空位。

利奥波德一边品尝着晋升的喜悦，一边早早地开始筹划接下来的演奏之旅。他的下一个目标是法国首都巴黎。巴黎是18世纪欧洲文化的中心，这座高雅的花都所蕴含的艺术文化氛围，引得其他国家的人们趋之若鹜。利奥波德想让儿子呼吸巴黎的空气，让儿子体验那里流行的最新音乐。而且，他想亲眼见证儿子与众不同的音乐才能在巴黎也能得到很好的发挥。

一想到这里，利奥波德就想尽快向西进发。但是，旅行是需要准备的。周密的准备才是决定此行有所收获的关键。请假、获得写给旅行目的地大人物的介绍信、准备旅费，这是最重要的三件事。

有一天，趁着大主教心情好，利奥波德透露了接下来的演奏旅行计划。

"是吗，你想去巴黎？也是啊，如果能得到巴黎的认可，沃尔夫冈就能获得更大的声誉，也会成为萨尔茨堡的光荣，城里的人都对他期待很高。好吧，去吧。你们一家背负着萨尔茨堡的荣誉。只是，千万不要轻率行事。"

对莫扎特一家颇有好感的施拉滕巴赫大主教非常宽容地允许了他们长期休假，还愉快地为他们写了许多介绍信。

请到了假，介绍信也到手了，利奥波德松了一口气。

最重要的旅费，和上次维也纳之旅一样，是向房主哈格瑙尔借来的。在维也纳的时候，利奥波德不仅勤于写信汇报自己的旅行成果，而且在贵族们给予的酬金累积到一定数额时，他都会寄往萨尔茨堡，努力偿还债款，并在回来后全部还清。所以，对于这次的借钱请求，哈格瑙尔也没有露出一点不快的表情。

"我知道了，莫扎特先生，我相信你。虽然力量微薄，但我会尽我所能帮助你。"

哈格瑙尔现在和施拉滕巴赫大主教一样，把莫扎特看作是这个城市的闪耀之星，以自己是天才儿童一家的房东为傲。

从维也纳旅行回来仅仅五个月后的1763年6月9日清晨，莫扎特一家四口和他们为这次旅行雇用的仆人塞瓦斯蒂安·温特（Sebastian Winter）一行五人，坐上了上次去维也纳旅行时在普雷斯堡购买的二手马车，这次不是向东，而是向着萨尔茨堡的西边出发了。

第一晚的计划住宿地点是80千米外的瓦瑟堡。因为这次并非与别人同乘马车，而是坐的私人马车，所以他们不需要顾及其他人的感受。尽管如此，一天行进80千米仍是急行军的速度。

他们坐着坚硬的木制马车在山路上颠簸了几个小时，突然，伴随着咣当咣当的巨响，马车开始剧烈地上下左右摇晃，而且还弹跳着前进，最后终于像缓缓跪地一般，严重向右倾斜着停了下来。

他们下了马车检查车身，发现有一个后轮已经碎得七零八落。可是到瓦瑟堡还有很长的路要走，不能在这里停滞不前。

"我去找人吧！"

仆人温特跑到附近的村子求救，不久带着一个穿着粗劣劳作服的人回来了。那个人抱着一个像是车轮的东西。大家见状松了一口气。

但是，那个人搬来的轮子是运送农作物用的马车的轮子，比莫扎特一家马车的轮子要小一些，而且部分零件也不合适，压板的楔子打不上。

"就算保持倾斜的姿势也没关系，能不能让它跑起来？"

"可以试一下，但可能马上就会掉。"

"拜托了，我们会好好答谢您的。"

在利奥波德恳切的请求下，明知很勉强，那人还是帮他们装上了那个小轮子，还做了应急卡扣来代替楔子，他们心痛地承担了这笔沉重的临时开支，支付了相应的酬金。

就这样，马车摇摇晃晃地出发了，但由于车轮的尺寸不同，必须以倾斜的状态缓慢前进。路上如果遇上小石子，不知道什么时候就会倾倒，尤其拐弯时简直是豁出了性命。大家冒着冷汗到达瓦瑟堡时，已经过了深夜。

虽然第一天就吃了不少苦头，但在瓦瑟堡还是有好事发生。

这里的教堂配备了与乡村小镇极不相称的优质管风琴。

利奥波德知道了这事，在等待马车正式修理的三天里，带着儿子莫扎特去教堂体验了管风琴演奏。从利奥波德那里学到了踏板的使用方法的莫扎特，因为坐下来脚够不到踏板，所以只能站在椅子前面演奏。他很快就能熟练地使用踏板，开始了欢快的演奏。来到教堂的人们被看不见身影的管风琴手的优美演奏所吸引，惊叹不已。莫扎特还很快就学会了如何操纵音栓，将各种各样的声音组合起来。

"爸爸，用这个可以发出各种各样的声音啊。"

"你看起来好像已经弹奏这架管风琴好几个月了。一般人是不可能这么快就掌握踏板和音栓的使用方法的。"

从此，莫扎特的拿手乐器中又增加了一个管风琴。

马车修好后，旅程顺利继续。

在慕尼黑，他们被邀请到风景如画的宁芬堡宫，在选帝侯马克西米利安三世和贵族们面前演奏，得到选帝侯 100 弗罗林、克雷芒斯公爵 75 弗罗林的破格谢礼。

在利奥波德出生的奥格斯堡，城里的名流连番邀请他们，姐弟俩获得了三次音乐会的演出机会。不过因为是城里的人们举办的小型音乐会，得到的酬谢无法与慕尼黑时期相比，虽然很受欢迎，但收入很少。

尽管如此，这座城市有一位键盘乐器制作大师斯泰因，利奥波德带着莫扎特拜访了他的工作室。莫扎特听说可以去制作乐器的地方，非常高兴，一路哼着歌。刚进斯泰因的工作室，他就指着一台乐器说："啊，爸爸，你看那个！"

莫扎特一眼就发现了一种旅行时可以随身携带的小型键盘乐器——便携式钢琴。

"叔叔，我可以弹一下这个吗？"

"请吧，请吧。"

在利奥波德和斯泰因寒暄的时候，莫扎特立刻走向那件乐器，笑眯眯地弹奏了各种各样的曲子。

"我很喜欢这个，它的声音非常棒。有了它，在马车里也不会觉得无聊，还能作曲。"

"我就知道你会这么说，那就买下来吧。"

虽然不免担心今后旅行的费用，但为了儿子，利奥波德并不吝惜钱财。

"啊，真的吗？爸爸，谢谢你，谢谢你！"

莫扎特抱住了父亲。在接下来长达三年半的生平最长旅程里，这台钢琴成了他最亲密的朋友。

一行人从奥格斯堡出发，经过乌尔姆、路德维希堡，抵达曼海姆选帝侯卡尔·特奥多尔（Karl Theodor）夏季离宫所在的施韦青根。这里位于曼海姆南郊10千米处。喜欢音乐的卡尔·特奥多尔亲王拥有一支由名家组成的宫廷乐团，并带着他们住在离宫里，因此莫扎特父子得以欣赏到这支著名乐团的演奏。

"爸爸你看，演奏弦乐器的人，琴弓拉得好整齐。"

"嗯，爸爸也吃了一惊，以前在哪里都没见过这样的管弦乐团。"

"每个人弹奏的乐声都很美，不同乐器之间的声音也很协调。"

演奏弦乐器时，有从上往下拉弓和从下往上拉弓的分别。每一个音符和乐句[1]都必须仔细区分使用，方法各异。当时在一般的管弦乐团里，拉弓方式都是由自己选择的，每个人的拉法也各不相同。但是在曼海姆的管弦乐团里，所有人的琴弓都是朝着同一个方向拉的。如果在现代的管弦乐团，这是理所当然的事情，但莫扎特父子在这里第一次看到琴弓方向统一的管弦乐团，感动得一时说不出话来。

不仅仅是外观，每个人的乐器都调整到了一样的音调，所以发出的声音很优美，一点也不混浊。这种精细的调弦，

---

1 乐句：乐曲的结构单位。

在其他城市的管弦乐团中也是不可能出现的，简直就是奇迹。

对于耳朵灵敏的莫扎特来说，听到调弦不准、音色不齐的管弦乐团的演奏是一种极大的痛苦，但这个管弦乐团的表演听起来就很舒服。

"这是我到目前为止听到的声音最美妙的一次演奏。竟然有这么整齐的管弦乐团。我想永远听下去，太棒了！"

把这个管弦乐团培养到这个水平的，是出生在这个城市、并在意大利修行过的乐团首席[1]坎纳比希[2]。

在这里，莫扎特和南妮尔在卡尔·特奥多尔选帝侯面前表演，再次得到了称赞，并收获了丰厚的酬金。

莫扎特一家又去了海德堡，然后沿着莱茵河向北前进，经过沃尔姆斯到达了美因茨。莱茵河在这里与右岸的支流美因河分流。一家人把马车和大件行李寄放在酒店，从码头登上开往法兰克福的定期船。虽然对于以巴黎为目标的向西旅行来说是绕远路，但这座文化都市是不容错过的。他们打算等法兰克福的演奏会结束后再次返回美因茨。

---

[1] 乐团首席：管弦乐团的第一小提琴手，是全体成员的统帅。

[2] 坎纳比希：约翰·克里斯蒂安·坎纳比希（Johann Christian Cannabich，1731—1798），出身于曼海姆的一个音乐家家庭，曾是一名小提琴家和作曲家，为曼海姆宫廷乐团水平的提高做出了巨大贡献。

美因茨正式名称为"Frankfurt am Main"（美因河畔的法兰克福），是一座历史悠久的城市，中世纪以来神圣罗马皇帝的加冕仪式就在这里举行。除此之外，这里工商业繁荣，学术交流、艺术创作等文化氛围也很浓厚，充满活力的自由空气在市民之间流动。

8月16日，当地报纸刊登了演奏会的预告。18日，按照预告，神童姐弟在利普弗劳恩堡大街的沙尔夫音乐厅举行演奏会。南妮尔和莫扎特用钢琴演奏了协奏曲和奏鸣曲，莫扎特还展示了高超的小提琴演奏技巧，令法兰克福人大为震惊。

在观众席中，有一个被父亲带来听音乐会的聪明少年。

这位比莫扎特年长一些的少年，一边激动地赞叹，一边目不转睛地注视着他的演奏。

这位当时14岁的少年，后来写出了小说《少年维特的烦恼》和戏剧《浮士德》，成为德国第一文豪。

他就是约翰·沃尔夫冈·冯·歌德（Johann Wolfgang von Goethe，1749—1832）。

歌德从小就在文学和语言方面显示出卓越的才能，当时他已经是著名的少年诗人，精通英语、法语、意大利语、拉丁语，甚至还有希伯来语。他被比他小7岁的莫扎特的才能深深打动了。莫扎特似乎给他留下了深刻的印象，即使到了晚年，这一天的事情对他而言仍旧历历在目。

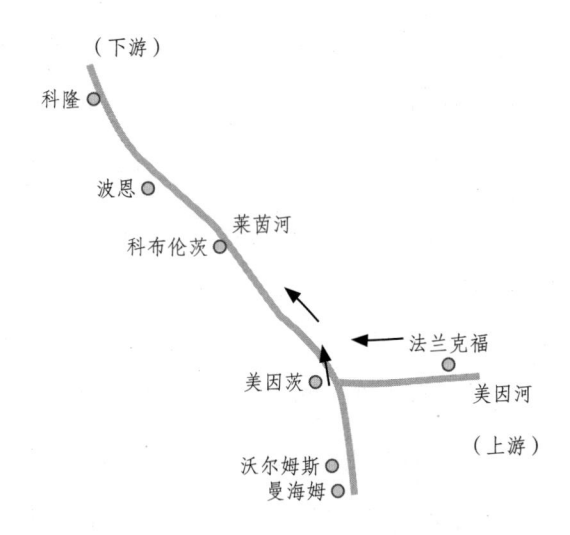

```
         （下游）
    科隆 ○
         │
         │
    波恩 ○
         │
         │  莱茵河
  科布伦茨 ○
         │  ↑
         │
         │   ← 法兰克福
    美因茨 ○────○─────
         │        美因河
    沃尔姆斯 ○      （上游）
    曼海姆 ○
```

59年后，1821年11月8日，在老师策尔特（Zelter）的陪同下，12岁的费利克斯·门德尔松（Felix Mendelssohn）拜访了73岁的歌德，用专业的弦乐器和演奏者们一起演奏了他自编的钢琴四重奏。歌德将眼前的门德尔松与遥远往昔的莫扎特的形象重叠在一起，深深感慨道："当时，我为莫扎特异常熟练的技巧而惊叹。我还能清楚地记得他的发型和腰间挂着的小剑。"

两位都名为"沃尔夫冈"的天才虽然没有直接交谈过，却有过一次难得的相遇。

歌德在晚年全力创作长篇戏剧《浮士德》。82岁去世前完成《浮士德》时，这位年老的巨匠叹息不已。

"啊，如果莫扎特能把我倾注一生的这部戏剧改编成歌剧，我该有多高兴啊……"

很遗憾，歌德的这个愿望没有实现。

但是莫扎特留下了一首为歌德的诗谱写的歌曲——《紫罗兰》。

在诗中，牧场里的紫罗兰无人知晓地盛开着，这时牧羊人的女儿来了。紫罗兰想：啊，哪怕只有片刻，如果能依偎在那个可爱的女孩胸前，该有多幸福啊。但是，女孩没有注意到紫罗兰，踩了它一脚。紫罗兰的生命渐渐流失，但它情愿死在心爱的女孩脚边。

这篇写于1785年维也纳时代的杰作成为一条美丽的纽带，将两位沃尔夫冈的诗歌和音乐永远地联系在一起。

就这样，在法兰克福也被热烈的欢呼声包围的莫扎特等人乘船回到美因茨，再次举行了告别音乐会。9月16日，一行人从美因茨出发，前往下一个目的地科布伦茨。

在科布伦茨，莫扎特又发烧了，躺了三天，所幸他恢复得很快。接着，他们乘坐莱茵河下游的客船前往波恩和科隆，在科隆看到了著名的大教堂。

9月30日清晨，一行人从科隆出发。

他们的目的地是荷兰与比利时边境上的城市亚琛。80千米的路程是一连串的险路，旅途艰难，他们一刻也不能松懈，生怕从马车上摔下来。

青年时代的歌德　　　　70岁的歌德

好不容易到了亚琛，这里的君主是普鲁士王国的腓特烈大帝的妹妹阿玛丽埃公主。公主听了姐弟俩的演奏，对他们赞不绝口，并送上了热吻。不过，这一吻本身似乎就是奖励，给他们的酬劳非常微薄，这让利奥波德非常失望。

10月2日，一家人从亚琛向西出发。马车很快进入比利时境内，经过列日到达布鲁塞尔是在10月4日晚。

由于宫廷和贵族府邸的邀请接连不断，他们逗留在这里的时间长达40天。

11月15日，秋意已深，莫扎特一家终于要从布鲁塞尔出发前往巴黎。途中在蒙斯、佩罗讷、格勒奈等地留宿。11月18日下午，马车终于穿过巴黎的城门。

他们的目的地是位于圣安托万路的奥地利驻法国大使凡·艾克伯爵的住宅。艾克伯爵的妻子是萨尔茨堡的名门贵族阿尔科伯爵的千金，阿尔科伯爵委托女儿女婿为莫扎特一家提供在巴黎的住宿，因此艾克伯爵夫妇热情地迎接了莫扎特一家。

"暂时就在我们家好好休息吧！"

"我已经把我的琴运到你房间了，请随意使用。"

"哇！夫人，谢谢您！"

莫扎特高兴得跳了起来，他立刻跑到为他们一家准备的房间一看，果然发现了一架很气派的双层键盘乐器。莫扎特再次发出了欢呼。

"太好了！夫人真善良，竟然把这么高级的钢琴借给我。"

对人情冷暖十分敏感的莫扎特，一边试弹钢琴，一边热泪盈眶。

"我想弹的就是这个，真想一直待在这里。"

莫扎特完全兴奋了起来，而利奥波德绞尽脑汁希望早日拜见国王。王室成员并不住在巴黎市内，而是住在巴黎以西22千米的凡尔赛宫。

"伯爵，有什么办法可以去凡尔赛宫，让王室成员听听孩子们的演奏呢？"

"好好好，我先按程序通报，请您一边游览巴黎，一边耐心等待吧。"

艾克伯爵摆出了挺大架势，但是过了好几天也没有王室要召见他们的迹象。而且巴黎人对莫扎特一家的反应非常冷淡，并没有人来吹捧他们，令人怀疑这里不像德国和比利时那样，流传着"萨尔茨堡神童姐弟"的故事。

——不愧是大城市。这里可不再像以前那样了，巴黎到处都是优秀的艺术家，也有很多擅长乐器的"神童"。也许我们家的孩子并不那么令人惊讶。

利奥波德的不安和焦虑与日俱增。而且，可怜的是，全家人都吃坏了肚子。

巴黎的生活用水主要来自塞纳河。对于平时就喝惯了的巴黎人或许没什么奇怪的，但如果是从外地来的人不小心喝了生水，马上就会吃坏肚子。

——要是就这样坏着肚子，就算被王室召见了也根本无法应召。必须快点治好。

利奥波德严令家人："绝对不能喝生水，口渴的时候要喝凉开水。"

他们唯一能依靠的只有随身携带的黑色药粉和腹泻药。

一天，利奥波德认识了来自德国且博学多才的文艺评论家格林男爵[1]。

格林出生于德国雷根斯堡，在莱比锡大学学习法语和法国文学，之后以与生俱来的清晰头脑和法语为武器，一路发家。他从25岁起就住在巴黎，担任奥尔良公爵的秘书，同时发行巴黎文艺情报杂志《文艺通讯》，吸引了众多上流社会的读者。他与贵族和宫廷有所接触，与许多艺术家和文化人也有广泛的交流。他还具备分析艺术的眼力。

"请您务必听一听我家孩子们的演奏。"

"当然可以。"

---

[1] 格林男爵：弗里德里希·梅尔基奥尔·格林男爵（Friedrich Melchoir Grimm，1723—1807），活跃在巴黎的德国文艺评论家。与著名的《格林童话》编纂者格林兄弟无关。

格林爽快地答应了利奥波德的要求，听着莫扎特和南妮尔的演奏，他的眼神逐渐热切，表情也认真起来。

"哎呀，说实话，有不少人来我这里自称'神童'推销自己，可大部分都不过是父母强行灌输的耍猴戏罢了。但您家孩子弹的是内心想要表达的东西，我能从他们的演奏中看到真情实感流露的光芒。好，就让我来帮你们一把。"

格林在巴黎上流社会颇有人脉，他答应提供支持，对莫扎特父子来说可是帮了大忙。

在格林看来，莫扎特姐弟的神童形象是自己杂志的独家新闻。只要给他们开辟出成名的道路，自己这个介绍人的名声也会上升。趁着其他支持者还没有出现，赶紧把那对姐弟攥在自己手里吧。只要把他们介绍给王室，无论哪一方都会感谢他。这是格林心里打的算盘。

得益于格林惊人的人脉，不久后莫扎特一家就在凡尔赛待命，等待宫廷的召唤了。

他们一家在平安夜来到凡尔赛，在这里跨了年。1764 年 1 月 1 日晚上，法国国王路易十五和王后玛丽·莱什琴斯卡（Marie Leszczyńska）、王太子路易·斐迪南（Louis Ferdinand）、太子妃玛丽-约瑟夫·德萨克森（Marie-Josèphe de Saxe）等王室成员允许他们一家前往拜见。

王后出身于波兰王室，太子妃是德国萨克森选帝侯奥古斯特三世的女儿，所以这两位女性的德语很好。多亏了二人的翻译，他们与国王和王太子的对话方得以顺利进行。

"辛苦你们远道而来，先用餐吧。"

孩子们与国王一家共进晚餐后展示了精彩的演奏，王室成员们感动得热泪盈眶。

由于在凡尔赛宫的成功，原本对所谓钢琴天才姐弟不太感兴趣的巴黎贵族一下子向他们投来了热情的目光。源源不断的邀请函从贵族的府邸里涌来，人们还为他们策划了公开演奏会。

——喏，现在终于知道我家的孩子有多优秀了吧？早点这样不就好了，现在这么多人同时邀请，孩子有多少分身都不够用啊。

利奥波德高兴地叫喊着，连日带着孩子们流连在名门贵族的府邸和沙龙里。有一天，莫扎特一脸闷热不已的样子，来向他诉苦。

"爸爸，我浑身发抖，到处都疼。"

——糟了！又坏事了。不知不觉得意忘形了。

利奥波德咬紧了嘴唇。他拒绝了所有的邀请，尽量让莫扎特静养，但莫扎特的状态越来越差，满脸通红，连呼吸都很痛苦。这虽然不是他第一次在旅途中生病了，却是迄今为止症状最严重的一次。

格林帮忙介绍了医生。但是，治疗效果并不显著。不仅如此，病情仍在不断恶化。利奥波德也做好了最坏的打算。

"亲爱的，等这孩子好了，咱们就回萨尔茨堡吧。你还想去伦敦，可是再让他继续在旅途中颠簸就太可怜了。"

"是啊。如果神明不抛弃这个孩子的话，咱们就回去吧。"

利奥波德同意了妻子的提议。

"啊！希望神明能保佑这孩子……"

一段时间后，也许是父母的祈祷传到了神明那里，莫扎特终于有了些康复的征兆。

3月10日，恢复健康的莫扎特和南妮尔一起在巴黎举办了首次公开演奏会，博得了全场听众的喝彩。他们这一次演奏会获得的收入，换算成德币有多达1000多古尔登。这很难换算成现代日本的货币，根据有的换算方法勉强可以算成500万到1000万日元（约23万到47万人民币）。

利奥波德的心情完全好了起来，莫扎特病危时那种难以言说的心境已经被他完全抛到脑后。他们不仅没有回到萨尔茨堡，反而准备要踏上差点放弃的伦敦之旅了。他立刻着手准备，衣物、日用品、旅途中买到的珍贵乐谱和书籍等，都被整齐地装进了行李箱。

除此之外，各地宫廷贵族们所奖励的金表、糖果盒、银杯、金牌、烟盒、宝石戒指、餐桌等奢华的小件物品和家具堆积如山。他一边把它们装进行李，一边叹气。

——多么费工夫啊。而且，就算是一个小小的戒指，如果连盒子打包起来，也会变得意想不到的笨重。这可真是了不得了。

在这个没有网络、没有电视、没有广播、没有CD的时代，演奏家无论多么优秀，如果不四处巡回演奏，就无法得到其他国家和城市的认可。因此，不只是莫扎特一家，想要成名的音乐家都要去旅行。而他们最大的烦恼就在于，旅行需要巨大的费用，而演奏的酬劳却往往不是金钱，而是奢侈的美术工艺品或镶有宝石的戒指。这些东西一般都是王公贵族们从别的宫廷收到的，而自己的宫廷里已经有了，所以就把这些东西作为对演奏家的酬劳。

对音乐家来说，比起宝石和工艺品，收到现金会令他们更为感激。但王公贵族中有很多人对这些事毫不在乎。

迫不得已，利奥波德只好卖掉手头的珠宝和工艺品。然而无论多么值钱的东西，只要拿出去卖，就会被商人压价，只能换回一点点钱。

从萨尔茨堡同甘共苦来到这里的仆人温特在德国多瑙艾辛根的宫廷找到了工作，于是他们就此在巴黎分开。他们新雇了一个叫让·皮埃尔·博蒂文（Jean Pierre Potivin）的法国用人，他来自德法边境地区阿尔萨斯，法语和德语都说得很流利，给这家人帮了大忙。

4月9日，在格林和贵族的好意下，他们在巴黎举行了最后的演奏会。通过此次演奏会再次获得丰厚收益的莫扎特一家，第二天乘坐马车离开巴黎，前往多佛海峡在法国一侧的口岸加莱。

他们花了五天经过大约300千米的路程到达加莱，终于要穿过多佛海峡了。这里是多佛海峡最窄的区域，与英国的口岸多佛的直线距离大约40千米。

他们把乘坐的马车停在马车行，乘船穿越多佛海峡。

4月19日早上，一行人和其他四名普通乘客一起乘坐八人的小帆船，从加莱出发。

"今天浪没那么大，不过会稍微有点摇晃。"

船夫表情平静地说道，但客人们的脸色立刻变差了。也许因为但凡有一个人不舒服就会传染给其他人，他们所有人都晕船了。大家有气无力地在船上躺了几个小时后，船终于驶入了多佛港。

他们在4月23日抵达伦敦，27日拜见了国王乔治三世和夏洛特王后。5月中旬，他们一直忙于拜访大人物，6月5日终于在伦敦举办了首次公开演奏会，收获了满堂喝彩。在这一气氛的余韵中，他们又在29日举办了第二次演奏会，也大获成功。

在此期间，莫扎特结识了"音乐之父"约翰·塞巴斯蒂安·巴赫[1]的小儿子约翰·克里斯蒂安·巴赫，他是夏洛特王后的音乐教师，活跃于这个国家的音乐界。这位前辈亲切地教了莫扎特很多东西。

"噢，你真是个聪明的孩子。你会写钢琴曲，那你想不想用管弦乐创作更大型的曲子？"

"好啊，我也很喜欢管弦乐，那种大型的曲子，我以前就想写了。"

克里斯蒂安·巴赫便教了莫扎特从未写过的交响曲的写法。

"爸爸，我能来到伦敦真是太幸福了，因为我遇到了巴赫老师。巴赫老师真是位伟大的人，只要是关于作曲的事，他什么都知道，什么都毫不吝啬地教给我。托他的福，我对交响曲有了一些了解，写交响曲真有意思，以后我还想写更多的交响曲。"

"是啊，他是少有的真正的音乐家，爸爸也很尊敬他。"

莫扎特的求知欲无穷无尽。对他来说，满足不断涌现的音乐欲望，是一种胜过任何昂贵奖励的喜悦。他从克里斯蒂安·巴

---

[1] 约翰·塞巴斯蒂安·巴赫（Johann Sebastian Bach，1685—1750）：德国作曲家、管风琴家。巴洛克时代音乐的集大成者，是西方音乐史上最重要的作曲家之一。

赫那里得到了无数这样的喜悦。

克里斯蒂安·巴赫也把比自己小21岁的少年当作亲密的朋友，像对待成年音乐家那样，把莫扎特视为同等地位的音乐家，以亲切和敬爱的态度对待他，与这个8岁的少年谈论高深的音乐话题。与克里斯蒂安·巴赫的交流，正是莫扎特在伦敦的最大收获。克里斯蒂安的教诲成为他的至宝，克里斯蒂安也成为他一生不渝的尊崇对象。

看到儿子这样，利奥波德心想，下定决心来伦敦真是太正确了。然而就在这时，这次大旅行的策划者兼总指挥官自己却因重病倒下了。

无奈之下，一家人在离伦敦3000米远的切尔西租了一间房子，在这里过起了既不参加演奏会也不参加社交活动的清寂日子。利奥波德一心一意静养，儿子则用小大人一样的口吻安慰父亲。

"爸爸累坏了吧，真是辛苦您了。我可以一边复习巴赫老师教我的东西一边写曲子，您就安心睡觉吧。"

之前一直受到父亲庇护的莫扎特，不知不觉间长大了，开始理解父亲的辛劳。

一段时间过去，利奥波德身上的病魔也退去了，一家人于9月回到了伦敦。他们又开始忙着拜访朋友，向克里斯蒂安·巴赫等住在伦敦的优秀音乐家学习，就这样在忙碌中结束了这一年，时间来到1765年。

1月18日，莫扎特在刚刚印刷出来的六首《小提琴与钢琴奏鸣曲》上写下自己的献词，呈送给了夏洛特王后。

2月21日，包括三首管弦乐曲在内的莫扎特自作曲公开演奏会大获成功。接着，在5月13日的公开演奏会上，他和姐姐南妮尔用一架钢琴进行了当时非常罕见的联弹演奏，成为伦敦人热议的话题。

莫扎特为了让自己创作的联弹曲在视觉上显得更加华丽，巧妙地采用了交叉的技法，那就是他用弹奏下半部分的右手越过姐姐演奏上半部分的左手。

此外，他们还在贵族的沙龙和他们居住的酒店里进行演奏。消息传开后，开始有些人散布这样的谣言：那个少年真的只有9岁吗？会不会他明明年纪更大，却假装成孩子？说是他自己作曲，会不会其实是他父亲创作的？散布谣言的是那些原本就活跃在伦敦的音乐家及其追随者，他们因为财路受阻而感到不悦。

在这样的质疑声中，一个叫戴恩斯·巴林顿的学者于6月对莫扎特进行了测试，以确认他是否真正的神童。

巴林顿向莫扎特展示了一个英国人为意大利歌剧作家梅塔斯塔齐奥（Metastasio）的剧本《戴莫封特王》所谱写的二重唱乐谱。这是尚未出版过的作品，所以应该没有人知道这

《莫扎特一家的肖像》

描绘四手联弹的姐弟的画作。负责低音部分的莫扎特右手越过姐姐的左手去弹高音。绘于 1780—1781 年,因此两年前已经去世的母亲以肖像画的形式出现。

首曲子。

那份乐谱由五个部分组成，分别是歌曲的高声部和低声部以及作为伴奏的第一小提琴、第二小提琴、低音部。

莫扎特首先将这首他第一次看到的曲子的伴奏部分当场在钢琴上完美地弹奏了一遍，不仅准确无误，而且节奏和音色完全符合作曲家意图。

接着，巴林顿说："那么，接下来请你唱出来好吗？哪个部分都可以。"

"好，那我唱高音的部分。爸爸，低音就拜托你了。"

莫扎特这样回答后，把低音部分的乐谱交给了利奥波德，自己则用孩子的天真嗓音唱高音部分，还一边用钢琴伴奏。中途有几个地方，利奥波德走了调，他就焦躁地回头看爸爸。

"爸爸，认真点，你这里必须降低半音，否则和我的旋律不合。"

"对不起，你……你说得对。"

"没关系的。不过，下次要注意了哦。"

他一边指导父亲，一边把第一次看到的曲子分毫不差地唱了出来。

巴林顿在报告中这样描述莫扎特的状态："以纯正的兴趣，极其准确地进行演唱，完全发挥了二重唱的真正价值。"

轻松地唱完这段二重唱后，莫扎特对巴林顿说："能不能再来点别的曲子？"他似乎还想继续这个测试。对他来说，这是一场快乐的游戏。

巴林顿只准备了这个，于是他说："那么，请即兴演奏一段爱情咏叹调[1]吧。"莫扎特很轻松地回应了这个要求，接着又被要求表演一首愤怒的歌。他调皮地回头看了看巴林顿，然后又转身面向钢琴，用激昂的曲调即兴弹奏了起来。曲调越来越兴奋，就像一个歇斯底里的人发自内心的"愤怒之歌"，那逼真的表现力让巴林顿和在场见证的人都瞪大了眼睛。

让巴林顿更感惊讶的是，在演奏的过程中，莫扎特喜欢的小猫进入了房间，他马上就离开钢琴飞奔到小猫身边，怎么也不肯再回去弹琴。休息的时候，他会把手杖当作马，在房间里喊着"驾、驾"，转个不停。

在接触到这两种极端情况后，巴林顿向伦敦的皇家协会提交了最终报告："这个少年虽然拥有不亚于成年优秀音乐家的才能，但确实是个不折不扣的9岁儿童。"这样一来，那些对莫扎特的恶意中伤就渐渐消失了。

进入7月，莫扎特父子访问了大英博物馆，向博物馆捐赠了莫扎特出版的三本奏鸣曲集和他们一家的肖像画，还有

---

[1] 咏叹调：具有抒情调性，以旋律优美为特征的独唱曲。歌剧或音乐剧中的一类曲子，登场人物多以咏叹调的形式演唱，以表现自己的心情。此外，也有作为单独作品的咏叹调。

来到伦敦后写的经文歌（除弥撒以外的宗教声乐曲）——《神是我们的避难所》的手写乐谱。

就这样，做完所有该做的事情之后，1765年7月24日，莫扎特一家离开了他们逗留一年零三个月的伦敦。从他们出发到现在已经过了两年多的时间，利奥波德的休假早已结束，尽管大主教为人宽宏大量，但若不尽快回到萨尔茨堡，利奥波德也觉得无法面对他。

莫扎特在英国收获的纪念品是受克里斯蒂安·巴赫影响写下的《伦敦小曲集》，里面共有43首可爱的钢琴小品，以及第一、第四交响曲。此外还有他完全掌握了的英语。

一家人在坎特伯雷停留了一段时间后抵达多佛，8月1日，他们逆着来时的路，从多佛前往加莱。这次海峡很平静，几乎没有波浪。而且，去的时候是逆风，现在却刮起了轻微的顺风，船缓缓前进。因此，他们没有一个人晕船，只花了三个半小时就抵达了加莱。

他们打算从那里一路向巴黎进发。

在那里等待他们的，是荷兰海牙的奥伦治亲王派来的使者。奥伦治亲王名叫威廉五世，是一位年仅17岁的青年君主，他的姐姐拿骚-威尔堡的卡洛琳亲王夫人担任摄政辅佐弟弟，她听说了莫扎特姐弟俩的名声，邀请他们前往海牙。

"亲王夫人殿下请你们到海牙来。当然，旅费由我们来承担。"

话虽如此，再怎么说，他们也不能再绕道了。

"承蒙盛情邀请，但我的休假已经结束，实在无颜面对我的君主了。"

"如果是这样，海牙的君主可以给萨尔茨堡的施拉滕巴赫大主教写信，请求他允许您去海牙做客，所以您不用担心。"

听他这么一说，利奥波德不由得心动了。

结果，这次荷兰之行又把莫扎特一家回乡的时间推迟了一年多，一家四口中甚至有三人得了重病。

首先在里尔，父子二人患上了严重的扁桃体炎。好不容易康复后继续旅行，经过根特、安特卫普、鹿特丹、布雷达、穆尔代克，又经过鹿特丹，终于到了海牙，这次却轮到南妮尔病了。

利奥波德在写给萨尔茨堡的哈格瑙尔的信中，详细地报告了当时的情况。

"我看着女儿一天比一天衰弱，简直瘦成了皮包骨头……连医生都已经不抱希望了。可怜的孩子也知道自己很危险，感觉自己在渐渐衰弱。我劝她顺从神的旨意，她不仅接受了弥撒和圣体拜领，司祭还因为她的状况非常糟糕，让她接受了临终傅圣油礼（基督教为将死者举行的仪式）……"

南妮尔这时候14岁。一个自我意识正在萌芽的少女，在旅行途中得了重病，做好了迎接死亡的准备，这实在是太令人痛心了。

南妮尔以少女的观察力写了旅行日记，但她只是简单地记录了自己看到的东西，比如在加莱看到从船上卸下三匹马、鹿特丹上停泊了很多船等。关于对他们一家这次大远征的感想，以及她如何按照父亲的要求在王公贵族面前演奏等，她都只字不提。或许是因为她把父亲计划的这种与危险为伴的演奏旅行当成了自己的命运，从一开始就放弃了反抗，所以并不怎么诉说自己的心情，只是记录见闻而已。

莫扎特最高兴的是音乐上的渴望被满足，只要能在理解自己音乐的人面前演奏，得到相应的赞美，就算这些都是父亲的安排，他都不会觉得有任何不妥。母亲对利奥波德也没有任何批判，还总在孩子面前推崇他。也就是说，在莫扎特家庭中，利奥波德的权威是绝对的。

即便如此，考虑到这时南妮尔严重的病情和她的痛苦，我们就不能不认为利奥波德带着成长期的孩子进行残酷的长途旅行是一种罪过。

幸运的是，拿骚-威尔堡的亲王把这一家人请到海牙，为他们安排了名医，南妮尔才得以保住性命。

南妮尔康复后，莫扎特又患上了和姐姐一样的病，情况相当危险。两人的病被判断是伤寒。

在姐弟好不容易战胜了病魔之后，新年就到了。

1766年1月，他们开始在海牙举办演奏会，随后去阿姆斯特丹参加了3场演奏会。再次回到海牙后，应东道主拿骚-威尔堡的亲王夫人要求，莫扎特写了6首小提琴和钢琴奏鸣曲，献给这位喜欢音乐的亲王夫人。他与这位亲王夫人有着不可思议的缘分，直至11年后还会再次相见。

离开海牙时已是4月7日。接着他们又在乌德勒支开了演奏会，回到巴黎是5月10日。

姐弟俩再次在凡尔赛宫进行了演奏。之后他们又在瑞士逗留，最终回到萨尔茨堡时，已经是出发3年半后的1766年11月29日。

7岁踏上旅程的少年，现在已经10岁了。这次大西游如此漫长，主要原因是他过多地接受了来自各地的邀请，而且途中家人还轮流生病。

不管是乘坐马车长途跋涉，还是卫生状况极差的住宿设施和不断更换的水源，在当时的旅途中，别说是生病了，死亡的危险也如影随形。考虑到这一点，我们不得不说，这一家人没有一个人失去这仅有的一条生命，已经是万幸了。

如果莫扎特在旅途中丧命，后世的我们就不会再听到他那美妙的音乐，也不会知道作曲家莫扎特的名字了。

CHAPTER 3 第三章

阻挠歌剧上演的敌人们

莫扎特第二次去维也纳旅行时，染上了正流行的天花。好不容易康复后，应约瑟夫二世要求，他全力创作出了喜剧歌剧《装痴作傻》，但由于剧院经理们的恶意阻挠未能上演，莫扎特为此流下了不甘的泪水。

姐弟俩征服了巴黎和伦敦两大欧洲城市，从法国和英国王室那里获得了至高荣誉，萨尔茨堡的人们热烈称赞并热情地迎接他们，语气里有着些许羡慕和嫉妒。幸运的是，主君施拉滕巴赫大主教并没有对利奥波德休假的严重延长提出指责。

利奥波德一边感谢大主教难能可贵的宽容，一边计划开始新一轮演奏之旅：再次访问维也纳。

利奥波德之所以打算在这个时期前往维也纳，是因为他听说玛利亚·特蕾西亚女皇的九公主玛利亚·约瑟法将与那不勒斯国王斐迪南四世结婚，他期待着将举行一系列的庆祝活动。

庆祝活动离不开音乐。如果去到充满喜庆氛围的维也纳，孩子们一定会有很多机会。要趁热打铁。

虽然从西边的壮游回来还不到十个月，但由于他们让萨尔茨堡在巴黎和伦敦知名度大增，施拉滕巴赫大主教愉快地批准了利奥波德的休假。

1767年9月11日，莫扎特一家四口加上仆人伯恩哈德一行人出发，在9月15日终于抵达暌违五年、令人怀念的维也纳。但不知为何，维也纳这座城市显得毫无生气，迎接他们的人反应也很冷淡。

——是因为南妮尔和莫扎特已经不再是被称为天才少女、神童的年纪了吗？还是说大家五年前就听腻了他们的演奏呢？

当利奥波德因维也纳的冷漠而不知所措时，10月15日，准新娘玛利亚·约瑟法公主去世了，年仅16岁。这里不仅没有举行庆祝活动，街道上还响起了阴郁的丧钟。

公主成了维也纳流行的天花[1]的牺牲品。维也纳的气氛如此阴沉，也是因为这种流行病。

——这可不得了。我家的孩子也很危险。

一家人慌忙逃到维也纳东北方向的奥洛穆茨避难，但为时已晚，莫扎特首先出现了感染天花的征兆，当他好不容易痊愈，南妮尔又被感染了。

但是，这次上天同样没有抛弃莫扎特姐弟。奥洛穆茨的贵族波特施塔基伯爵对莫扎特一家热情友好，为他们提供了住所和病房，还请来了技术高超的医生。托他们的福，莫扎特和南妮尔保住了性命。玛利亚·约瑟法公主身为最高统治者玛利亚·特蕾西亚女皇之女却难逃一死，与她的悲惨命运

---

1 天花：以天花病毒为病原体的传染病之一。患者出现高烧、头痛、腰痛等症状后，头部、面部出现皮疹并扩散到全身，致死率为20%到50%，曾经导致很多人死亡。但是现在已经有明确预防和治疗的方法，天花基本从地球上消失了。国际卫生组织于1980年发布了消灭宣言。

相反，一介平民的孩子反而能从病魔手中生还，这可以说是一个奇迹。

孩子们康复后，全家在摩拉维亚的首都布尔诺迎接新年，于1768年1月10日再次回到维也纳。

肆虐的天花终于平息了，城市恢复了宁静。19日，他们拜见了玛利亚·特蕾西亚女皇。女皇的丈夫弗朗茨一世也已去世，长子约瑟夫二世作为皇帝，与母亲共同统治国家。只是刚刚失去女儿的女皇精神不振，对音乐的兴趣也很淡薄。

对女皇来说，玛利亚·约瑟法公主的死，不仅仅是自己失去了爱女，因为让公主与那不勒斯国王斐迪南四世结婚，具有加深与那不勒斯王国关系的意义。

这样一来，除了把玛利亚·约瑟法的小妹妹玛利亚·卡罗利娜公主代替姐姐嫁到那不勒斯，别无他法。然而，玛利亚·卡罗利娜原本应该嫁给法国国王路易十五的孙子路易·奥古斯特（后来的路易十六）。与法国的友好关系也是奥地利国际关系中不可或缺的一部分。玛利亚·卡罗利娜是她手中重要的棋子，但与那不勒斯的关系也不容忽视。

没办法。只好把刚满12岁，不谙世事、天真无邪的小女儿玛利亚·安东尼亚送到法国去了。

在女皇的心里，除了对女儿早逝的悲痛，作为一个国家的统治者，这些政治上的复杂考量也困扰着她。因此，她对莫扎特父子并没有表现出五年前的那种热情，只是简单地说了几句话。

实际上，女皇的计划很快就实施了。四个月后，15岁的玛利亚·卡罗利娜公主嫁到了那不勒斯。这位公主继承了母亲玛利亚·特蕾西亚的政治手腕，她代替对政治漠不关心的丈夫，强硬地处理政务，努力使那不勒斯摆脱了西班牙多年来的统治。

两年后，小女儿玛利亚·安东尼亚代替姐姐嫁到了法国成为太子妃，改叫法国名玛丽·安托瓦内特。后来，她成为路易十六的王后，容貌美丽，为人善良，但对治理国家、爱护民众完全不感兴趣，生活穷奢极欲，招致了饱受重税之苦的国民的怨恨，这也成了法国大革命的诱因之一。

也就是说，给莫扎特一家再次访问维也纳蒙上阴影的玛利亚·约瑟法公主之死，极大地改变了世界史的进程。

虽然无法预测未来，但利奥波德意识到，为公主治丧的玛利亚·特蕾西亚女皇对孩子们没有兴趣也是不可避免的。就在他准备早日打道回府的时候，女皇的长子约瑟夫二世突然想到了什么，向他们伸出了援手。

"沃尔夫冈能写出喜歌剧吗？如果能写出好的作品，就能在复活节[1]上演……"

"能,能的,陛下。我一直想写歌剧,请让我写吧。"莫扎特高兴得脸颊通红。

从城堡回来的路上,他兴奋得不得了。

"爸爸,我真高兴啊。皇帝陛下委托我写歌剧。简直像做梦一样。我一定要写出好的歌剧来。"

父子俩立刻开始寻找剧本,找到了一部意大利语剧本《装痴作傻》(*La Finta Semplice*)。"finta"意为"伪装","semplice"是"善良"的意思,直译就是"没有恶意的伪装"。

这部喜剧改编自意大利剧作家卡洛·哥尔多尼(Carlo Goldoni)的作品。本来很聪明的女主角因装痴作傻,成就了两对情侣的爱情。这是一个不会出错的单纯的故事。莫扎特以惊人的集中力,用两个月的时间完成了一部喜歌剧。

但是,这部歌剧并没有在4月的复活节上演,之后又多次被延期。

"为什么又延期了?为什么不能演?陛下不是都和我说好了吗?"

"没关系,爸爸会去跟他们商量的。"

---

1 复活节:基督教节日。不同的基督教派、不同的历法,对节日时间的计算方法不同,但大多是在3月末到5月第一个星期天。

然而，即使动用了权贵人脉去促成演出，事情也毫无进展。

看来，维也纳歌剧界的核心人物都不看好莫扎特，包括掌管维也纳宫廷剧场的剧院经理人朱塞佩·阿弗里乔（Giuseppe Affligio）在内，都在阻挠莫扎特的演出。阿弗里乔等人对突然从外地来到维也纳试图上演歌剧的莫扎特父子抱有强烈的反感。

——外人可不能为所欲为。而且，那样的孩子不可能写歌剧，肯定是把父亲写的东西拿来，谎称是儿子作的曲。这种骗子的歌剧，无论如何也不能让它上演。走着瞧吧，我要让你们知道维也纳的剧场是什么样的地方！

下定决心后，阿弗里乔多次提出修改要求。

"啊？我的音乐没有不足，也没有多余的地方呀。他为什么这么要求我呢？爸爸，我好不甘心。"

"爸爸也这么想，但没办法，只能稍微修改一下了。没事的，对方只是想炫耀自己的地位才这样做的。向你提出要求，是为了维护他的自尊心。我们只能稍微修改一下，做出接受意见的样子，让他一步就是了。"

"嗯，原来是这样啊。大人真狡猾，而且坏心眼。好的音乐就承认它好就行了，为什么做不到呢？我可不想成为那样的大人。"

"你说得没错。但是，这个世界上有些事情就是这样的，要给对方面子。所以，在不改变音乐本质的前提下，把一些地方修改得简单易懂就好了。这样对方才会满意。"

"那我就只稍微修改一些显眼的地方吧。"

"嗯，就这么办。"

莫扎特按捺住心中的不满，答应了对方的要求。然而，之后的预定上演日还是再次被延后。好不容易进入了排练阶段，歌手们却纷纷表示："不会唱这样的歌。"没办法，他只好重新修改。这一回，轮到管弦乐团的乐手们发出了不满的声音："我可不想被孩子指挥。"

就这样，由于几乎所有相关人员都抱着不肯合作的态度，《装痴作傻》这部歌剧最终没能获得演出机会，就这样被束之高阁。

"为什么呢？我明明是尽全力写的！皇帝陛下说好了要演出的！"

对自己精心创作的歌剧充满自信的莫扎特眼含泪水，不甘心地握紧了拳头。自己的音乐究竟哪里不好，他完全无法理解。

——我知道这是剧院的人们在故意刁难我，但这是皇帝陛下亲自邀请我写的歌剧。究竟为什么……

不甘心的泪水从他的脸颊滑落。

这样的屈辱是有生以来第一次。没有神来伸出援手，约好的作曲费用也无人支付。

忍无可忍的利奥波德采取了果断的手段，在9月整理了一份详细的"事件陈述书"，直接请求约瑟夫二世进行裁决。他的重点诉求是让歌剧上演并支付作曲费用，约瑟夫二世把这个问题交给了剧场导演斯波克（Sporck）伯爵。但是，这位斯波克伯爵也对莫扎特父子没有好感，利奥波德只能默默咽下了这份委屈。

除此之外，他始终坚持自己的权利，想要和试图维护自己既有利益的人们战斗，甚至想把皇帝也卷进其中，这种攻击倾向很明显地体现在他对约瑟夫二世及其母亲玛利亚的态度上。这让特蕾西亚女皇很不舒服。被愤怒冲昏了头脑的利奥波德并没有意识到这个重要的问题。

他赌输了。

在第二次维也纳之旅中，莫扎特首次创作了几首有四个乐章的交响曲。此外，应伦韦克地区孤儿院委托创作的弥撒曲也获得了成功。然而，没能赶上期待已久的玛利亚·约瑟法公主婚礼庆祝就被病魔击倒，而且最大的愿望——歌剧演出——也流产了，可以说是霉运连连。

从结果上来说，这第二次访问维也纳，成了他们迄今为止旅行中最失败的一次。

莫扎特一家回到萨尔茨堡是在1769年1月5日。虽然与巴黎、伦敦旅行的三年半相比还算短暂，但他们离开萨尔茨堡仍有一年零五个月之久，很大程度上是因为孩子们生病和歌剧演出受阻。就连施拉滕巴赫大主教也无法对延长休假的利奥波德网开一面，考虑到其他乐手的意见，他停发了这一期间利奥波德的工资。

萨尔茨堡人民也没有给予他们以往那种百分百的赞扬。曾经为年幼的姐弟俩在其他城市的表现而感到自豪的人们，开始对利奥波德无止境的欲望感到厌烦。

尽管如此，大主教始终对莫扎特一家抱有好感。他安排莫扎特的歌剧《装痴作傻》在自己的宫廷剧场进行首演。5月，这部作品终于得见天日，这对莫扎特来说是一大救赎。

歌剧首演结束后，利奥波德一心只想着尽快带莫扎特去意大利旅行。

穿着大礼服、面带微笑的天真神童，如今已经十几岁了。年纪小已经不能成为招牌，是时候用实力一决胜负了。要想进一步磨练与生俱来的音乐才能，最好的办法是前往音乐发祥地、歌剧的故乡——意大利，在那里多多体验音乐。只有这样了。

"好，沃尔菲，这次我们去意大利学习歌剧的创作方法吧。"

"好啊，爸爸，我之所以在维也纳遭遇如此惨痛的事情，也许就是因为有人看不起我，认为我不懂正宗的歌剧。我不想再遭受这样的痛苦了。所以，我一定要去意大利学习歌剧的创作方法。"

"没错，你已经经历了很多次旅行，去过许多国家，但还有一个最重要的国家没去过。"

"嗯，我也是这么想的。终于到了去意大利的时候了。好，我要让维也纳那些坏心眼的大人刮目相看。爸爸，我们快去意大利吧！"

莫扎特清澈的眼睛里燃烧着对未曾踏足的意大利的向往。

CHAPTER 4　第四章

阳光普照的歌剧之国

——关于神童已经宣传得很充分了。接下来去音乐之乡意大利，让莫扎特学习歌剧的写法。

利奥波德做出了这样的决定，和儿子一起前往南方的国度意大利。在第一次意大利之旅中，莫扎特演奏了新歌剧，还被授予了金马刺骑士勋章。

1769年12月13日，利奥波德和莫扎特父子踏上了梦寐以求的意大利之旅。利奥波德刚过完50岁生日，莫扎特还有6周就要迎来14岁生日。或许是因为从小就频繁乘坐狭小的马车旅行的缘故，他的身高一直没怎么见长，但脸上的稚气已经消失，双眸散发着智慧的光芒。

为了节约经费，安娜·玛利亚和南妮尔留下来看家。南妮尔已经是18岁的姑娘了，再以天才少女的名号在众人面前演奏已经显得过于成熟。而且，就算她弹得再好，和莫扎特差距还是很明显的。更重要的是，莫扎特不仅擅长演奏，还能创作出独一无二的音乐。

这次，施拉滕巴赫大主教再次以宽广的胸怀允许父子俩旅行，并从自己的存款中拿出600古尔登的巨款给父子俩作为旅费。这相当于利奥波德两年的年薪。此外，他还授予了莫扎特宫廷乐团第三小提琴手的称号。

因为这是个荣誉称号，所以并不会支付工资。但是，去到外地向初次见面的人自我介绍的时候，有没有这样的头衔，从对方那里得到的信任是完全不同的。知道这一点的大主教给予了莫扎特温暖的关怀。另一方面，他也期待这能起到将莫扎特与萨尔茨堡联系起来的效果。如果旅途中某个宫廷或某位贵族提议用高额薪水雇用莫扎特,他就不得不想起自己在萨尔茨堡已然获得的第三小提琴手这个称号。

大主教绝对不想失去这个神童。

这次旅行他们与其他人合乘一辆马车。从萨尔茨堡沿着蒂罗尔的街道向西南方向前进,在第二天也就是14日到达了沃格尔。在这里,利奥波德给家里的妻子写了第一封信,在信的最后,莫扎特用自己的话报告了旅途的情况。

"亲爱的妈妈,我心里真的好高兴,快要融化了。因为这次的旅行很愉快,车里很暖和,而且我们的车夫是个和蔼可亲的人,只要道路条件允许,我们就会迅猛飞驰。"

第二天,他们前往阿尔卑斯山脚下的小镇因斯布鲁克,这个地名的含义是"因河上的桥"。因斯布鲁克的南面是与意大利接壤的勃伦纳山口。

这里海拔1374米。勃伦纳山口是阿尔卑斯山脉中海拔最低的山峰,从石器时代开始就有人类活动。这里也是古罗马军队进军的必经之路,中世纪神圣罗马帝国的皇帝通过这座山岭去拜见罗马教皇。文艺复兴以后,很多音乐家和画家通过这个山口去接触意大利的艺术文化。

想到自己即将穿越这一历史性的山口,莫扎特父子感慨万千。山路昏暗险峻,一侧是陡峭的悬崖。经验丰富的车夫一刻也没有松懈,认真地拉着缰绳,一边鼓励着马儿一边沿着小路往上爬。客人也都紧张得浑身僵硬，随着车子摇晃。不久，马车终于到达了山岭上积雪的村庄。

换马的时候，父子俩从马车上下来，在12月高山的严寒中打了个冷战，他们对意大利充满了期待。

"从这里下去，就是意大利了。"

"是啊，你看，南方的天空很明亮。一定也有很多好事在等着我们。"

正如利奥波德所说，以这个山口为界，北边的奥地利是一片阴沉的灰色天空，而南边意大利的天空却湛蓝澄澈，仿佛在呼唤着父子俩快快到来。

父子俩终于进入意大利境内，经过博尔扎诺、特伦托，在年关将近的时候，来到了以《罗密欧与朱丽叶》故事发生地而闻名的古都维罗纳。

萨尔茨堡天才少年的传闻似乎在维罗纳也流传颇广，他们很快就收到了贵族的邀请。他们逐一去打招呼，每到一家都非常受欢迎，其中维罗纳的贵族、财务长官卢加蒂（Lugiati）特别喜欢莫扎特出色的钢琴演奏和平易近人的性格，率先成了莫扎特的支持者。

根据卢加蒂长官的安排，1770年1月5日，莫扎特在当地音乐组织爱乐学会的音乐厅举行了盛大的演奏会。这一来，不光是维罗纳的市民，就连附近城市的居民也蜂拥而至。莫扎特出色的演奏让那些人为之疯狂，报纸刊登了大量报道。

演奏会结束几天后，卢加蒂长官把画家加伯蒂诺·西格纳诺利（Giambettino Cignaroli）叫到家里，说一定要把莫扎特访问这座城市的纪念活动的样子，绘制成一幅肖像画。

莫扎特戴着白色假卷发，身穿红色风衣，在钢琴面前摆出了姿势。画家用熟练的笔法在画布上再现了他的形象，甚至在钢琴的乐谱台上细致地画下了莫扎特的乐谱。

莫扎特生前留下的以本人为模特画的肖像画只有几张，这便是其中之一。还有一张我们经常能看到的、莫扎特同样穿着红色大衣的肖像画，它是由画家芭芭拉·克拉夫特（Barbara Krafft）在莫扎特去世后的1819年，应维也纳剧作家约瑟夫·松莱特纳（Joseph Sonnleitner）的委托，以《莫扎特一家的肖像》（第62页）为基础，在没有实际模特的情况下描绘出来。

因此，西格纳诺利以在世的莫扎特为模特绘制的画非常珍贵。这幅画于2019年11月27日在巴黎的佳士得拍卖会上亮相，引起了轰动，最终以400万欧元的价格被拍下，远超80万至120万欧元的预期价格，令相关人员大吃一惊。

如果卢加蒂长官知道了，一定会说："价格多少，谁得到了利益，这些都不重要，重要的是那幅画有那样的价值。因为那是一幅真实的肖像画，描绘了画家亲眼所见的13岁的莫扎特的样子。是吗，你说除此之外，莫扎特生前的肖像画只

西格纳诺利作品（1770年）

克拉夫特作品（1819年）
（原画见第62页的《莫扎特一家的肖像》）

有三四张？而且他十几岁时的肖像画只有我订购的这一幅？所以当时我让画家画下这幅画真是太明智了，他可是名垂青史的天才啊！我从第一眼看到他的时候就知道了。"

肖像画完成后，莫扎特和父亲第一次在维罗纳欣赏到了正宗的意大利歌剧，是一位名叫古列尔米（Guglielmi）的作曲家创作的歌剧《鲁杰罗》。

"意大利语的发音果然很适合歌剧啊。"

"是啊。听起来很柔和，就算是平常说话，听起来也像音乐一样，真是不可思议。这种语言本身就是音乐。"

父子俩竖起耳朵，睁大眼睛，目不转睛地看着舞台。莫扎特在给萨尔茨堡的母亲和姐姐的信中详细地评论了这部歌剧。10日，他们从维罗纳出发前往曼托瓦。在那里，他们又看了来自德国的老年艺术家阿道夫·哈塞（Adolph Hasse）的歌剧《德米特里奥》。

在博洛尼亚住了一晚之后，他们在克雷莫纳看了作曲家瓦伦蒂尼的歌剧《狄托的仁慈》，当时莫扎特没有想到自己将来也会写同名的歌剧。就这样，他们途经意大利北部的各个城市，在1月23日抵达目的地之一的米兰。

此时的意大利虽然是音乐中心，政治上的地位却很卑微，东北的奥地利、西北的法国、西边的西班牙这三个大国都意图控制意大利。曼托瓦、米兰，还有父子二人随后前往的以佛罗伦萨为中心的托斯卡纳地区都是奥地利的领地，各城市都由维也纳宫廷任命的大公治理，政治事务的最高负责人也是奥地利总督。

在米兰，奥地利总督卡尔·约瑟夫·菲尔米安（Karl Joseph Firmian）伯爵负责照顾莫扎特父子，他是萨尔茨堡宫廷乐团总监弗朗茨·菲尔米安伯爵的亲戚。不巧，伯爵正在生病，父子俩在等待他康复的期间，去剧场看了看。

这个时候，正巧作曲家皮钦尼（Piccinni）的新歌剧《恺撒大帝在埃及》即将首演。父子俩参观了总彩排，还从皮钦尼那里听到了歌剧制作现场特有的珍贵故事。

此时，病愈的菲尔米安伯爵来邀请他们了。

"让你们久等了，我已经听说了你们的事情，一切都交给我吧。"

菲尔米安伯爵是以米兰为中心的伦巴第地区最有势力的贵族，所以他能帮忙让人非常安心。伯爵立刻为父子俩举办了欢迎宴会，并在宴会上为他们引荐了一位了不起的人物——米兰音乐界的元老，萨马蒂尼大师[1]。萨马蒂尼当时70岁。作为器乐作曲家，他是当时的顶级大师。

---

[1] 萨马蒂尼大师：乔瓦尼·巴蒂斯塔·萨马蒂尼（Giovanni Battista Sammartini，1700—1775），米兰著名作曲家。他从宗教音乐起步，创作了许多歌剧、70多首交响曲和相当数量的协奏曲和室内乐。

"老师的大名我在萨尔茨堡也有所耳闻,没有比见到您更高兴的事了。这是我的儿子沃尔夫冈。"

"萨马蒂尼老师,我是沃尔夫冈·莫扎特。能见到您,我感到非常荣幸。"

莫扎特向萨马蒂尼打招呼,对方注视着他的双眼说:"我听说了你的传闻。即使是很难的曲子,你看一次就能当场流畅弹奏,甚至还能创作交响乐曲。能让我见识一下你的才华吗?"

这显然不是单纯的初次见面,而是对莫扎特的测试。

萨马蒂尼当场给了莫扎特一个短的旋律,并要求他以此为基础进行即兴演奏。即兴演奏,是指在现场边弹边作曲。这对莫扎特来说是小菜一碟。他朝利奥波德看了一眼,仿佛在说"爸爸,交给我吧",然后转向钢琴。萨马蒂尼和在座的人都听得入了神,沉浸在融入了各种技法的起伏跌宕的旋律中。萨马蒂尼毫不吝啬地鼓掌后,又向莫扎特展示了著名诗作中的一节。

"你能把这个作为歌词创作咏叹调吗?"

"好的,我很乐意。"

这也是他的拿手好戏。莫扎特高兴地接过诗作,立刻弹奏出与诗的内容相符的旋律,以及烘托旋律的伴奏,甚至还弹奏出了华丽的独奏部分。他一边弹奏着,一边用清澈的男高音唱了出来。

萨马蒂尼和在场的人们都不禁发出了赞叹的声音。

菲尔米安伯爵也一副很是得意的样子,并在3月12日再次举办了盛大的音乐会,为莫扎特的新作创造了展示的机会。这一天,莫扎特在摩德纳大公等150名贵族面前,演奏了3首咏叹调、带小提琴伴奏的宣叙调[1]等,赢得了热烈的掌声。

在米兰,有大公(总督)直属的宫廷剧院。菲尔米安伯爵把莫扎特介绍给了这个总督剧院的总监,卡斯蒂廖内伯爵,强烈推荐他起用莫扎特为新歌剧的作曲家。

"今年圣诞节将在总督剧院上演的新作,就拜托你了。"

听了卡斯蒂廖内伯爵这番话,莫扎特喜出望外。

"真不知道如何向您道谢才好。没有比这更光荣的事了。我一定会写一部让大家喜欢的歌剧!"

——维也纳的痛苦屈辱,终于可以洗刷了。这可不是皇帝一时兴起的口头约定,而是剧院的正式委托,所以一定能上演的。好,我要写一部谁也挑不出错的作品。等着看吧,维也纳的家伙。

欣喜的同时,莫扎特的心中燃起了强烈的斗志。

---

[1] 宣叙调:在歌剧和音乐剧中,放在咏叹调前面的不怎么具有旋律性的乐曲,具有故事的说明性内容。

"哈哈,我很期待啊,年轻的大师。我将支付给你100里拉的作曲费,换算成奥地利的钱币,大概是500古尔登吧。剧本完成之后会交给你,在此之前,你可以在意大利各地好好转转,给贵族们的介绍信我也帮你准备。"

"谢谢。"

利奥波德努力不让自己的表情显得太欣喜若狂,莫扎特则悄悄捏了捏自己的脸颊,希望这不是在做梦。

几天后,两人在菲尔米安伯爵的家里签署了正式的作曲合同。剧本由剧院方面准备,待演员确定后将连同演员表一起送到他们的住所,于是莫扎特父子俩开始放心地在意大利各地巡回演出。

他们怀里装着许多介绍信。只要有介绍信,无论去哪里都能打开人脉。父子俩坐着马车经过了洛迪、帕尔马和摩德纳,于3月24日抵达博洛尼亚。菲尔米安伯爵的介绍信再次发挥了威力,帕拉维奇尼·琴图里奥尼伯爵提出要帮助他们。伯爵不仅在自己府邸举办音乐会,还在会上向他们介绍了意大利最优秀的音乐理论家、作曲家马蒂尼神父(Padre Martini)和著名作家、歌手等。

3月29日,父子二人离开博洛尼亚,次日抵达文艺复兴的发祥地——艺术气息浓厚的佛罗伦萨。如前文所述,包括佛罗伦萨在内的托斯卡纳地区受奥地利统治,玛利亚·特蕾西亚女皇帝的次子利奥波德继承了托斯卡纳大公之位。这位大公后来还继承了兄长约瑟夫二世的王位，成为奥地利皇帝利奥波德二世。

莫扎特父子拜见大公时，大公还清楚地记得八年前他们一家第一次访问维也纳并拜见皇室的情景。大家聊起了往事，场面热闹不已。

除此之外，在佛罗伦萨，他们还与以前在伦敦旅行时认识的、给莫扎特上过歌曲课的阉伶歌手[1]乔万尼·曼佐利重逢，并认识了来自英国的天才少年小提琴手托马斯·林利（Thomas Linley），结下了深厚的友谊。

在那个时代，擅长演奏钢琴、被父母带着到处旅行的少年少女很多，并非只有莫扎特，但真正有天分的孩子当然是凤毛麟角。林利和莫扎特一样，是其中之一。两人都觉得对方和自己有相同之处，互相吸引，很快就变得亲密起来。

莫扎特一直过着一次旅行接着下一次旅行的生活，既不去上学，也几乎没有和邻居家孩子一起玩的体验，对他来说，林利是他的第一个同龄朋友。对林利来说也是如此。

林利出生于英格兰巴斯，是一位作曲家的儿子。他从小就把小提琴拉得比所有邻居都好，7岁开始参加公开演奏会，

---

[1] 阉伶歌手：接受不变声手术，维持洪亮清澈的男高音的歌手。

在各地巡回演出。他来到佛罗伦萨是为了向著名小提琴家彼得罗·纳尔迪尼拜师。

年龄相仿、成长环境相近的两个人十分投机，就像是发小那样一起聊天，互相开玩笑，整晚都在一起演奏音乐，从不厌倦。

莫扎特父子离开佛罗伦萨的那天，林利来找莫扎特。

"你要走了吗？我绝对不会忘记你的。"

"我也一样，有机会我们一定要再见面。"

"是啊，你带着这个吧，作为我们友情的纪念。"

"谢谢。我想我这辈子都不会再有比你更好的朋友了。"

林利把当时著名的佛罗伦萨宫廷女诗人莫雷里·费尔南德斯的一首诗送给了莫扎特。

两人流着泪拥抱在一起，用热切的话语约定以后再见。

就这样告别了林利，莫扎特父子从佛罗伦萨一路向南，于4月11日抵达罗马。两人立刻前往占据罗马市内一角的教皇区梵蒂冈的天主教圣地——圣彼得大教堂。

耸立在圣彼得广场深处的大教堂以超乎想象的宏伟气派震慑了莫扎特父子。这座大教堂当然也值得一看，但利奥波德此行的目的地是大教堂北边的西斯廷教堂。

教堂的外观很朴素，由砖瓦砌成；内部装饰则由工匠精心设计。天顶是以古希伯来语经典《创世记》的九个场景为

与莫扎特同龄的神童托马斯·林利

题材描绘的大型宗教画，出自文艺复兴时期著名画家米开朗琪罗（Michelangelo）的手笔。米开朗琪罗还在祭坛墙上画了巨幅壁画《最后的审判》。

利奥波德和莫扎特都被米开朗琪罗倾其所有完成的出色作品深深吸引，一时间连话都说不出来。半晌，利奥波德催促儿子："你听，合唱开始了。要认真听哦。这是一首非常著名的歌曲，叫作《求主垂怜》（Miserere），只有这个时候在这里能听到，乐谱也买不到的。"

只有在大教堂的周三礼拜时，唱诗班会演唱17世纪意大利宗教音乐家阿雷格里（Allegri）作曲的合唱曲《求主垂怜》。

说实话，利奥波德正是为了让莫扎特听到这首合唱曲，才趁此时机来到罗马的。阿雷格里的《求主垂怜》是一首让人心旷神怡的合唱曲，有着清新的音色和优美的旋律。这是梵蒂冈的秘曲，历来被珍藏传唱，连一张分谱都不允许带出去。如果犯了禁会被问罪。知道这件事的利奥波德带着儿子来到了这里，至少要听听这首歌。

没想到，合唱结束后，儿子表情平静地说："刚才的曲子，我已经记住了。"

"什么，真的吗？"

虽然利奥波德比谁都清楚莫扎特过人的听觉和出众的记忆力，但这时连他也半信半疑。毕竟，这是一首多达九个声部的双重合唱曲，由一个四声部、一个五声部的两个合唱团站在分开的位置上演唱，一边唱主旋律，另一边用进行了复杂装饰的旋律来回应。

这样一首曲子，连笔记都没做，只听一次就记在脑子里，这孩子再怎么天才也不可能做到吧？

莫扎特没有在意父亲的困惑，回到旅馆，他在五线谱上流畅地把整首曲子写了出来。

"这样，应该没有太大问题。"

"嗯，我也觉得差不多，但爸爸没有你那样的听觉和记忆力，所以现在还不好说，我们后天去确认吧。"

两天后的星期五礼拜还会唱《求主垂怜》，于是父子俩偷偷带着乐谱去确认。到了一听，莫扎特根据记忆转录的乐谱，和教堂里唱的《求主垂怜》几乎一致。

"你这孩子真了不得！"

利奥波德仿佛后知后觉般对自己孩子的音乐才能啧啧称赞，而莫扎特则修改了细微的不同之处，使乐谱更加完美。

父子俩因为害怕教廷问罪，一直没有提起这件事，但是消息很快就传遍了罗马，人们都惊叹道："这才是真正的神童！"

随后，父子俩从罗马向南出发，游览了那不勒斯及其周边的名胜古迹。

在利奥波德从那不勒斯寄给萨尔茨堡的妻子的信中，莫扎特这样写道：

"我一如既往地活着，而且一如既往地心情愉快地旅行。我已经去过了'粪中海'。亲吻妈妈的手一千次，也亲吻南妮尔一千次……"

所谓"粪中海"是莫扎特创造的词语，因为意大利语中动物的粪便叫作"merda"，所以他故意在德语的"地中海"一词（Mediterranische）中加上一个"r"，戏称地中海为"粪中海"。

莫扎特是这类语言游戏的天才，而且他的语言游戏多以排泄物为主题，在给家人或亲近的人的信中总会时不时出现"南妮尔姐姐的屁""我的大便"等词语。

游览完那不勒斯，父子俩再次乘坐马车返回罗马。但是，就在快要到达罗马的时候，马车发生了翻车事故。

"危险！沃尔菲！"

情急之下，利奥波德选择了奋不顾身地保护儿子，多亏父亲为了不让儿子从马车上摔下来，拼命地抱住了他，莫扎特才毫发无伤。然而利奥波德的右脚却重重地撞在马车前轮防泥浆的杆上，小腿出现了一个撕裂的伤口，伤得很严重，涌出的血怎么也止不住。

他们用随身携带的膏药和绷带紧急处理后继续前行，但从第二天开始，利奥波德的脚肿得几乎是原来的两倍大。很长一段时间无法行走,伤口也一直没有愈合。因为马车上很摇晃,伤口很难得到静养。此后,这个伤让利奥波德难受了许久。

但是,回到罗马后,发生了一件令人高兴的事情。罗马教皇克雷芒十四世授予了莫扎特"金马刺骑士勋章",拥有这个称号的人除了可以自由出入教廷,还可以享受其他各种特殊的权利。

"这是何等的荣誉啊!没有多少人被授予过如此殊荣,据说音乐家中只有16世纪的奥兰多·迪·拉索一人曾获得过。沃尔菲,太好了。"

利奥波德忘记了腿上的疼痛,为这个荣誉感到高兴,莫扎特则一脸无欲无求地说:"勋章什么的我有点不好意思接受,送给爸爸吧。"

"你说什么呢,这可是给你提高身价的重要证据,你要好好珍惜一辈子。"

利奥波德给萨尔茨堡的大主教写了一封信,告知他这一荣誉。

之后,父子二人沿着亚得里亚海沿岸的城市北上,再次前往博洛尼亚。他们在7月20日到达博洛尼亚。27日他们收到了在米兰被委托的歌剧的剧本和角色表。

那是剧作家维托里奥·阿米迪奥·齐格纳-桑蒂(Vittorio Amedeo Cigna-Santi)所写的歌剧剧本《彭特国王米特拉达

梯》，这是甘迪诺的作曲家奎里诺·加斯帕里尼（Quirino Gasparini）在大约三年前配乐演出过的作品，而齐格纳-桑蒂在其基础上又进行了修改。

为了让利奥波德养好腿上的伤，父子俩在博洛尼亚郊外悠闲地度过了8月和9月的大部分时间，于9月末回到博洛尼亚市内。9月29日，莫扎特终于开始创作歌剧《彭特国王米特拉达梯》。除此之外，莫扎特还要准备参加博洛尼亚历史悠久的音乐组织——爱乐学会的入会考试，为此忙得不可开交。

10月9日实施的考试非常严苛，他必须完成规则极其复杂的作曲题，期间一步也不能离开房间。但幸运的是他顺利通过考试，以14岁的年纪成为光荣的爱乐学会会员。

"太好了，这是天大的荣誉啊。"

"嗯，不过更重要的是，考试结束后我的心情很畅快，这样就可以集中精力创作歌剧了。"

莫扎特带着写了一半的歌剧乐谱，和父亲一起回到了米兰。接下来只需要为《彭特国王米特拉达梯》的首演竭尽全力就好。

但是，当他开始专注于歌剧时，莫名其妙的事情接二连三地发生了。

首先，有一个身份不明的男人拜访了饰演主角的女高音伯

罗马教皇克雷芒十四世

纳斯科尼（Bernasconi），要求她唱三年前加斯帕里尼（Gasparini）写的咏叹调，而不是莫扎特作曲的咏叹调。一向欣赏莫扎特才华的伯纳斯科尼毅然决然地说："我做不到，请您回去吧。"说着就把他赶走了。看来，那个身份不明的男人不是加斯帕里尼本人，就是他的同伙。

接着，男高音主演古列尔莫·德托雷（Guglielmo d'Ettore）反复要求修改歌曲。主角级歌手比作曲家更有发言权，莫扎特不得不答应他的要求。此外还有几位歌手也提出了琐碎的要求。

担当副角的歌手贝内迪蒂一直到约定的日子过了也没来米兰。由于每个歌手的咏叹调都需要作曲家与歌手直接见面，了解其音色、音域、表现能力后才能写出来，所以歌手本人不来就没有办法开始创作。这也让莫扎特很无奈。

莫扎特咬着牙，克服了这一连串障碍。

——这次我绝对不会输的。

在维也纳，他明白了歌剧的世界充斥着妒忌、陷害和卑劣阴谋。上一次留下了遗憾，但这次不会了，我要写出能打动所有人的美妙音乐。只要音乐足够出色，又能突出歌手的特质，那么再怎么坏心眼的歌手也会很乐意演唱的。我要写出那样的音乐！

在这样坚定的决心下，莫扎特终于完成了三幕意大利语歌剧《彭特国王米特拉达梯》的创作，歌手们的排练也顺利结束，1770 年 12 月 26 日，首场演出在米兰的总督剧院拉开了帷幕。

利奥波德站在侧台，忐忑不安地等待着开幕。

序曲终于开始了。这是让人对接下来的正篇充满期待的生动音乐，只见观众席上很多观众都不自觉地随着音乐晃动着身体。

——太好了，沃尔夫冈！

利奥波德差点忍不住叫出声来。

序曲结束进入正篇后，女主人公的第一首咏叹调就掀起了热烈的欢呼声。这首咏叹调描写的是女主人公虽然与国王订了婚，却受到两个王子的爱慕。随着剧情的发展，听众的热情也越来越高涨，幕布降下后仍不断有人拍手欢呼。

14 岁的莫扎特负责弹奏羽管键琴，同时指挥着管弦乐团。他多次被观众的掌声召回舞台，并持续收获盛大的喝彩，一举跻身意大利歌剧实力派作曲家的行列。

更让人高兴的是，见证了他的成功的总督剧院甚至委托莫扎特为两年后（1772 年）的狂欢节演出的新歌剧作曲。

"太好了，爸爸，这样两年后又能来米兰了。"

"是啊，现在你是毫无疑问能独当一面的歌剧作曲家了，足以让维也纳的人大吃一惊。萨尔茨堡出了一位令意大利人汗颜的歌剧作曲家，大主教一定也会很高兴的。"

之后，莫扎特父子访问了都灵，回了一趟米兰后又去了威尼斯。此时已经是 1771 年。

他们游览完威尼斯后，经过帕多瓦、维琴察，回到曾经停留过的维罗纳。在这里父子俩收到了米兰的菲尔米安伯爵的来信。

如前所述，米兰的总督剧院已经委托莫扎特创作两年后的 1772 年 12 月的狂欢节演出的歌剧。除此之外，信中还告知了一个紧急消息，这一年，即 1771 年 10 月，米兰举办的伦巴第大区总督斐迪南大公与摩德纳大公的女儿玛利亚·贝亚特丽切·里恰尔达·德斯特（Maria Beatrice Ricciarda d'Este）的婚礼中所用歌剧，也已经内定将委托给莫扎特。

新郎斐迪南大公是维也纳玛利亚·特蕾西亚女皇的第四个儿子。

"沃尔夫冈，你可别被吓到哦。又有一个歌剧的订单找上门了！"

"啊？真的吗？除了狂欢节用的歌剧，还有新的订单吗？"

"是的，是看中了你的才能所以委托给你的。而且这个时间更近，是今年秋天的事情。"

莫扎特反复阅读菲尔米安伯爵的来信，确认这是现实。

——米兰的人们委托我做歌剧，不止一部，而是两部！创作歌剧虽然很不容易，但如果能顺利完成，多少辛苦都会烟消云散。多么有意义的工作啊！

啊，我能来到意大利真是太好了！

15岁的莫扎特深深体会到了作为歌剧作曲家的满足感。

CHAPTER 5　第五章

再访意大利，三访意大利

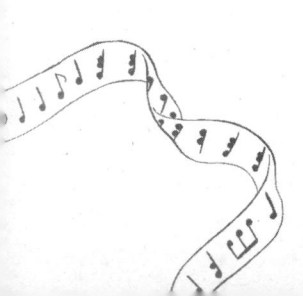

从第一次意大利之旅回国五个月后,莫扎特父子为了兑现在米兰演出歌剧的约定,开始了第二次意大利之旅。然而,在父子回国的第二天,理解他们的大主教去世了。继任的主教十分严厉,父子俩决定踏上第三次意大利之旅……

莫扎特父子从南向北越过勃伦纳山口，经由因斯布鲁克回到萨尔茨堡，是在出发一年零四个月后的1771年3月28日。

他们向施拉滕巴赫大主教做了大致的汇报，和房东兼赞助人哈格瑙尔谈论旅行故事，这时米兰那边发来了正式的婚礼歌剧作曲委托。

婚礼歌剧将在这一年的10月上演。要去到米兰拿到剧本，并赶在预定上演的日子完成创作，最晚也得在8月抵达米兰。

他们刚刚结束了一趟一年零四个月的休假旅行，尽管利奥波德也觉得难以启齿，但时间不等人。他只好再次向大主教请求休假。

"大人，我们受托为玛利亚·特蕾西亚女皇的儿子准备婚礼歌剧……"

"那我也没什么好说的了。为了萨尔茨堡的名誉，请务必让演出成功。"

"感激不尽。"

"不过，最近有很多人对你们议论纷纷。枪打出头鸟，你刚刚休了一年零四个月的带薪假，现在又要再次进行长途旅行，乐手们的不满情绪高涨，这样我很难管教其他人。所以这次虽然我也心有不忍，但还是要停发你8月和9月的工资。当然，副乐长的位子还给你保留，等着你回国。沃尔夫冈也可以继续保留乐团首席的头衔。等到歌剧演出结束，你们得马上回国啊。"

大主教的话很在理。以前，萨尔茨堡的人们纷纷祝贺少年莫扎特在维也纳和巴黎获得荣誉，但这段时间，越来越多人开始嫉妒莫扎特父子的成功。为什么只有那对父子可以随心所欲地休假，动不动就去国外过好日子呢？还有人开始在背后议论他们是不是太得意忘形了。

8月13日父子二人从萨尔茨堡出发，于24日抵达米兰，在委托方总督剧院为他们准备的酒店里住了下来。

但是，最重要的剧本还没有送到。歌剧由一位叫帕里尼（Parini）的作家创作，剧名叫《阿斯卡尼奥在阿尔巴》，据说剧本现在正在维也纳接受审查。当时实行审查制度，歌剧、戏剧的剧本和小说等都会被审查是否扰乱社会秩序，没有问题才允许演出和出版。

等莫扎特拿到剧本，已经进入9月了。剧本里，希腊女神维纳斯的儿子阿斯卡尼奥为了统治大地，被母亲命令与英雄赫拉克勒斯的女儿——精灵西尔维娅结婚。当阿斯卡尼奥准备向西尔维娅求婚，但维纳斯告诫他不能表明自己的身份。与此同时，西尔维娅从几年前开始，就认定自己的命运就是和梦中出现的、神明派来的年轻人结婚，所以她虽然被阿斯卡尼奥吸引，但还是难过地拒绝了他的求婚。这时，牧师阿彻斯塔奉维纳斯旨意告诉西尔维娅，梦中的年轻人就是阿斯卡尼奥。希尔维亚高兴地跳了起来，准备参加与阿斯卡尼奥的婚礼。精灵们和三美神、牧羊人、妖精们都来为二人祝福。

仔细阅读剧本的莫扎特立刻发现，维纳斯代表玛利亚·特蕾西亚女皇，阿斯卡尼奥代表新郎斐迪南大公，西尔维娅代表新娘玛利亚·贝亚特丽切公主。他试着在脑海中描绘着人物的性格。

——维纳斯是洞察一切的明智的母亲，阿斯卡尼奥是忠于母亲之命的率直的儿子。他一开始只是奉母亲之命去求婚，但看到西尔维娅的第一眼，他就真心爱上了她。这真是个心地善良、充满爱心的青年啊。西尔维娅是个美丽可爱的少女，但同时也十分坚强，能坚持心中所爱。

这些人物设定是否准确，将决定歌剧的成败。莫扎特非常清楚这一点，他非常喜欢充实人物性格、赋予其生命的过程。歌剧作曲的乐趣正在于此。

描绘出人物形象以后，他就开始以惊人的气势集中作曲。因为乐曲的构思在脑海中不断浮现出来，所以他不得不迅速将它们转化成音符。在他身旁有一位手快的抄谱员，莫扎特写完一点，他就开始誊写。

就这样，婚礼歌剧《阿斯卡尼奥在阿尔巴》于 9 月 23 日完成。歌手和合唱团、芭蕾舞演员、管弦乐团马上开始排练，并迅速制作了舞台装置和服装。这次没有遇到任何麻烦和阻碍，所有相关人员都为首演拼尽了全力。

斐迪南大公婚礼的第三天，也就是10月17日，《阿斯卡尼奥在阿尔巴》隆重上演，大获成功。

实际上，在大喜之际，年轻作曲家创作的垫场歌剧和大师创作的主歌剧先后进行首演已经成为一种惯例。不用说，这次婚礼，莫扎特的《阿斯卡尼奥在阿尔巴》是垫场歌剧，而德国大师阿道夫·哈塞（Adolph Hasse）的《鲁杰罗》才是主歌剧。

哈塞这时72岁。他年轻时曾在那不勒斯和威尼斯排演过很多歌剧，是一位资历非常老的歌剧作曲家。之后他在德累斯顿、伦敦、维也纳等地都有过精彩表现，在维也纳还担任过玛利亚·特蕾西亚女皇的音乐教师。女皇发自内心地敬爱哈塞，不顾他的高龄，极力推荐他担任这次主歌剧的作曲家。

只是年迈的哈塞长期远离意大利歌剧现场，并不了解现在意大利听众的喜好，这或许会给他带来一点负担。不过，他大概认为这将是他一生中最后一件重要工作，便接下了任务。

哈塞的《鲁杰罗》在莫扎特的《阿斯卡尼奥在阿尔巴》首演的前一天即10月16日首演，但因为不符合米兰观众的口味，没能得到好的反响。

与此相反，年仅 15 岁的莫扎特只用 23 天完成的《阿斯卡尼奥在阿尔巴》，不仅最大限度地发挥了每位歌手的特点，而且完全符合米兰观众的口味，获得了巨大成功。

值得称赞的是，哈塞丝毫没有嫉妒孙子辈年轻作曲家的成功，反而毫不吝啬地称赞道："这个年轻人很快就会让我们所有人都被忘却吧。"他说的"我们所有人"指的是包括自己在内的所有歌剧作曲家。

人气歌剧《阿斯卡尼奥在阿尔巴》的作曲者莫扎特现在成了米兰的"当红人物"。米兰全城洋溢着庆祝婚礼的气氛，热闹非凡，走在街上，很多陌生人都亲切地跟他打招呼："您莫非是莫扎特先生？""我看了您的《阿斯卡尼奥在阿尔巴》，合唱、咏叹调，一切都很好，我还想再看。""您要在米兰待到什么时候？请一定来我家一趟。"贵族府邸的邀请也纷至沓来。

"爸爸，我想一直待在米兰，不想回萨尔茨堡了。萨尔茨堡的人不了解外面的广阔世界，所以目光狭窄，他们其实并不为我的成功高兴。这里的人更了解我的音乐有多好。"

"爸爸的想法和你一样。你不应该被困在那个小镇上，这一点爸爸最清楚了。"

"那我就一直待在这里好吗？"

"别着急，爸爸有个想法。"

利奥波德所说的"想法",就是抓住这次机会,让莫扎特担任斐迪南大公的宫廷作曲家。虽然他没有对莫扎特提过这个想法,但很早就对赞助者菲尔米安伯爵谈起,并请伯爵推荐莫扎特担任宫廷作曲家。

——如果这个愿望能实现的话,我就能把儿子从萨尔茨堡解放出来了,那里狭小又无趣,到处都是闲言碎语,简直就像一个金鱼缸。现在歌剧取得了决定性成功,正是进入米兰宫廷的最好机会。儿子年纪虽小,却是与这座豪华宫廷相称的一流音乐家。

利奥波德这样祈祷着。

婚礼的主角斐迪南大公比莫扎特大2岁,是个性格和善的年轻贵公子。他轻松地认为,莫扎特为他写了那么精彩的婚礼歌剧,提拔为宫廷作曲家应该不成问题。

但是,这只是个17岁的年轻人,并没有擅自下决定的勇气。他只能寻找能决断的人,不用说,就是身在维也纳的母亲玛利亚·特蕾西亚女皇。在女皇的回信到来之前,大公什么也无法向莫扎特许诺。

利奥波德对此一无所知,为了等到大公的答复,他再三延长在米兰的时间。

但延长也是有限度的。到了12月中旬,萨尔茨堡就会开始举办各种音乐会。利奥波德作为宫廷乐团的副乐长,无论发生什么事，都要赶在那之前返回萨尔茨堡。

回萨尔茨堡大约需要十天。《阿斯卡尼奥在阿尔巴》是10月17日上演，如果马上回去的话，10月底前应该能赶到。况且大主教也叮嘱过他歌剧结束后立即回去。

然而，10月在歌剧成功的余韵中转瞬即逝，在莫扎特旷日持久的就业谈判间，11月也即将结束。萨尔茨堡宫廷对他迟迟未归感到诧异，来信告知利奥波德10月和11月的工资也停发了。这样一来，他们已濒临绝境。趁着勉强还能存活，必须赶紧回去了。

终于死心的利奥波德在12月初与莫扎特一起前往大公那里，进行回国前的告别。

——听说我们要离开，大公会不会说"别走，留在这里当宫廷作曲家吧"？

然而，利奥波德的期待破灭了。大公是这样说的：

"很遗憾，现在没有空缺。不过将来有空缺的时候，沃尔夫冈会是最有力的候选人。"

莫扎特父子不知道，大公还在等待身处维也纳的母后玛利亚·特蕾西亚的回信，他只能这么说。

12月5日，父子二人离开米兰，于15日回到萨尔茨堡。

不久之后，米兰大公斐迪南从维也纳的玛利亚·特蕾西亚女皇那里收到了这样的回信。

你要求雇用年轻的萨尔茨堡人，我不知道这是为了什么，我不认为你会需要作曲家这样无用的人。如果这样能让你高兴的话，我本不想妨碍你。但是，你不应雇用无用的人，也绝对不要给这些人任何头衔，他们像乞丐一样到处流浪，会给官员们带来恶劣的影响，况且他还有一个大家庭。

读到这里，我们可以清楚地看到，玛利亚·特蕾西亚是一个遇事冷静、分析透彻，具有理性和判断力的君主。她曾经把天真无邪的6岁神童抱在膝上，甚至允许他亲吻自己，但当神童长到了10多岁、开始为了全家的生活而寻求工作时，如何对待他对女皇来说就成了完全不同层面的问题。此时做出背离对方心愿的决定，与她曾经表现出的破格好意并不矛盾。对于还不懂事的儿子，给出这样的忠告正是作为一个母亲以及前任君主的责任。

莫扎特一家虽然只是四口之家，但利奥波德一直带着全家进行引人注目的演奏旅行，让女皇觉得这是一个比实际还要庞大的家庭。如果雇用这家人的儿子，全家人就都会倚仗他的工资度日。女皇想，这么费钱的一家还是算了吧。

再加上女皇敬爱的大师哈塞的歌剧在年轻的莫扎特清新的创作面前惨败，可以想象女皇的心情一定很不悦。

斐迪南大公

施拉滕巴赫大主教   科罗莱多大主教

莫扎特父子回到萨尔茨堡的第二天，一直对他们宽容以待的施拉滕巴赫大主教去世了，享年74岁。

父子俩听着丧钟，不禁为今后的命运感到不安。

1772年1月2日至4日，新年过后，举行大主教的追悼弥撒。

此次弥撒演奏了与莫扎特父子关系密切的萨尔茨堡宫廷音乐家米歇尔·海顿为追悼死者而创作的《c小调安魂曲》。

米歇尔是大名鼎鼎的约瑟夫·海顿[1]的弟弟。作为作曲家，他创作了40多首交响曲、十几首管弦乐四重奏、戏剧音乐和宗教声乐曲等大量优秀作品，也影响了年轻的同事莫扎特。特别是这首《c小调安魂曲》，似乎成为莫扎特晚年创作的《d小调安魂曲》的范本之一。

到了3月，名门贵族希罗尼穆斯·约瑟夫·弗朗茨·冯·科罗莱多（Hieronymus Joseph Franz von Colloredo）伯爵被选为继任的大主教，他的父亲是奥地利帝国副总理。

4月29日，科罗莱多伯爵在萨尔茨堡就任大主教。这是一位具有进步思想的人，为了实现近代化，他着手实施各项政策，包括修改学校制度、放宽对出版物的审查等。他还大

---

[1] 约瑟夫·海顿（Franz Joseph Haydn，1732—1809）：奥地利作曲家。他确立了交响曲和弦乐四重奏的基础形式，奠定了古典音乐的基础。

幅缩短了在教堂举行弥撒的时间，并缩减了在自己的宫廷举行音乐会的数量和规模。他并不热衷振兴音乐文化，与施拉滕巴赫大主教的时代相比，音乐家的活动范围更小了。

但是，这种轻视音乐家的倾向是后来才出现的，刚上任的时候他并非一位不理解音乐的君主，科罗莱多伯爵也以他的方式对莫扎特展示了好意。

此前，莫扎特一直是一个没有薪水的乐团首席，如今他已经升格为年薪150古尔登的名副其实的乐团首席。才16岁就被提拔为乐团首席，不再是普通团员，得到的年薪相当于副乐长父亲的一半，按一般人的想法或许已经不错了。但是，对于已经在意大利成功创作了两部歌剧，每次都能得到五六百古尔登的作曲费，还能获得昂贵的贵金属工艺品的莫扎特来说，他只会想：难道用这点微薄工资就要把我绑在这种乡下似的宫廷里吗？

"爸爸，虽然他们让我当上了有薪水的乐团首席，但我不会一直待在这里的对吗？米兰的约定还等着我呢。"

"是啊，你还有一个今年狂欢节歌剧的订单呢。不管发生什么事，我们都必须再去米兰。没关系，只要把情况解释清楚，新的大主教也会明白的。"

利奥波德按照规定，详细说明了父子二人在米兰的经历，请求批准休假：莫扎特受委托创作了《彭特国王米特拉达梯》

和《阿斯卡尼奥在阿尔巴》两部歌剧,二者都获得了巨大的成功,此外还有一部将于今年狂欢节上演的新作品订单,也签了合同,如果成功的话,肯定会给萨尔茨堡和科罗莱多大主教带来荣誉。

科罗莱多大主教虽然不情愿,但还是同意了。"既然如此,那你们就去吧。"他似乎担心如果不让父子俩去,米兰的人就会认为萨尔茨堡的新任大主教是一个不理解音乐、心胸狭窄的无趣之人。米兰大公是玛利亚·特蕾西亚女皇的儿子,米兰宫廷与维也纳关系密切,所以不能让这种恶评传到维也纳。

"我也不想让你们毁约,不过下不为例,"他强调这是特例,"演出结束后,请立刻回国。"这个做法与他的前任施拉滕巴赫大主教相同。

1772年10月24日,莫扎特父子第三次踏上前往意大利的旅途。与上次舒适的体验完全不同,这次旅途阴雨连绵,令人沮丧。

他们在11月4日抵达米兰。这次的歌剧《卢乔·西拉》讲述的是古罗马独裁者的爱情和欲望。

剧本和演员表都已经事先送到萨尔茨堡,所以莫扎特在出发前就把不用和歌手见面就能写的部分写好了。

到了米兰之后,他和歌手们见面,为每个人写了咏叹调。但也有歌手到得晚,这使他直到演出前夕仍然繁忙异常,到最后甚至不眠不休地奋笔疾书。

在准备歌剧演出的过程中,他有了与斐迪南大公交谈的机会。斐迪南大公曾说,如果有了空缺,他会第一个考虑莫扎特。但是,这时候大公已经收到母亲玛利亚·特蕾西亚女皇寄来的严厉忠告,所以完全没有再提此事。

这下没戏了。

利奥波德从大公冷淡的态度中看透了这一点,他绞尽脑汁,把写好的《卢乔·西拉》的乐谱迅速交给抄谱员誊写,而后并未将乐谱送给斐迪南大公,而是将其作为莫扎特呈献的作品,送到了他的哥哥佛罗伦萨大公——利奥波德殿下那里。

——米兰不行的话,那就让他拿到佛罗伦萨宫廷的职位吧。

在呈献的乐谱中,他还附上了菲尔米安伯爵写的推荐信。信中表示,"请务必让莫扎特成为佛罗伦萨宫廷的音乐家"。

这些向他人推荐莫扎特的策略,利奥波德从来没有对儿子说过,只是一个人拼命地推进着。

这部重要的歌剧《卢乔·西拉》于12月26日首演,截至1773年1月再演了26次之多,但票房收益并不高,观众对作品的评价也好坏参半,不能算是成功之作。

所有演出结束后,莫扎特父子仍坚持留在米兰,等待佛罗伦萨的利奥波德大公那边传来"聘请莫扎特"的消息。又或者,利奥波德还抱着不切实际的幻想,等着米兰的斐迪南大公改变想法。

然而，佛罗伦萨宫廷 2 月 27 日传来的回信很明确地拒绝了他们："很遗憾，无法回应期待。"米兰的斐迪南大公也继续以沉默表示拒绝。当然，他们已经没有下一部歌剧的委托了。

3 月 4 日，已经连说话的力气都丧失了的利奥波德和隐约察觉到情况不对的莫扎特一起离开了米兰。

翻过勃伦纳山口时，他们仰望南方的天空，想到这也许是最后一次眺望这片明亮的天空，两人的心中顿时涌起难以言喻的感慨。他们的预感应验了，第三次意大利之旅成了最后一次，父子俩再也没有翻越过勃伦纳山口。他们就这样与意大利永别了。

3 月 13 日，父子俩回到萨尔茨堡。

回顾三次意大利之行，第一次，他们用一年零四个月走遍意大利，取得了前所未有的巨大成功，接下来的旅程却开始走下坡路。

第一次旅行中，莫扎特在米兰接受了歌剧的委托，足迹遍及罗马和那不勒斯，归途中在米兰创作并上演了歌剧《彭特国王米特拉达梯》，大获成功，不仅因此又拿到两部歌剧的订单，还在罗马被授予了"金马刺骑士勋章"，在博洛尼亚被推荐成为光荣的爱乐学会会员。

回到家乡仅仅四个月后，他们又踏上了第二次意大利之旅，为了总督剧院委托的歌剧《阿斯卡尼奥在阿尔巴》的作曲和首演，在米兰逗留了四个月左右。歌剧大获成功，但他们当时那么盼望能在米兰宫廷就职，却只得到敷衍的回答。

在主教从施拉滕巴赫换成科罗莱多后，他们开始了第三次旅行。这次是为了歌剧《卢乔·西拉》的上演。这部歌剧并不成功，利奥波德瞒着儿子在米兰和佛罗伦萨求职一事也都没有结果，父子俩只好沮丧地回到萨尔茨堡。

就这样，虽然求职没有收获，但三次意大利之旅给莫扎特带来了无可替代的体验和音乐财富。如果没有去意大利，就不会学意大利语，也就不能如此轻松根据意大利语剧本创作歌剧。从作曲的顺序，到为每一个歌手写咏叹调，再到如何排练、如何进行正式演出，以及如何一边弹琴一边指挥，创作一部歌剧是怎么一回事，他都一一现场体验，学进了心里。除了歌剧，他还在意大利了解了意大利风格的轻快的管弦乐曲是如何创作，扩大了器乐曲的创作范围，提高了水平。他在第三次意大利之旅回国后不久创作了三首嬉游曲[1]等作品，这一时期的作品很大程度上受到了意大利音乐的影响。

在佛罗伦萨接触的文艺复兴的文化遗产，在罗马西斯廷

---

[1] 嬉游曲：8世纪中期盛行的具有轻松气氛、包含多个乐章的器乐曲，带有强烈的娱乐性质，通常在贵族进餐时或庆祝的时候演奏。

教堂听过一次就能再现的秘曲《求主垂怜》，随处可见的古代遗迹，南国那不勒斯的阳光和维苏威火山的景观，水城威尼斯如网眼般环绕的水路，以及在水路上穿梭的贡多拉……

这些真实经历极大程度地丰富了莫扎特的内心世界。

从意大利回来四个月后的7月14日，趁着科罗莱多大主教不在，利奥波德和莫扎特离开萨尔茨堡前往维也纳。这是他第三次访问维也纳。

实际上，当时利奥波德听说维也纳宫廷乐长兼宫廷作曲家弗洛里安·利奥波德·加斯曼（Florian Leopold Gassmann）身患重病，卧病在床。于是，他隐隐抱着儿子也许能被录用为继任者的期待出发了。

在维也纳，他们成功拜见了玛利亚·特蕾西亚女皇，但现在这位女皇对莫扎特父子没有什么好印象，还一再叮嘱儿子米兰大公不要雇用莫扎特。她根本不可能主动提及加斯曼继任者的事。

莫扎特做梦也想不到女皇写过那样的信，但对人情格外敏感的他，不可能没注意到女皇冷淡的态度。

然而想不出个中原因的他，对于掌权者的变心也只能感到悲哀和空虚。

父子俩于9月25日回到萨尔茨堡。又过了一个月左右，他们从原来谷物街9号的住处搬到了萨尔察赫河对面新城区汉尼拔花园中一栋叫作"舞蹈教师之家"[1]的建筑物里。之前的住处只有三个房间,这次他们租下了这栋建筑二楼的一半。

第二年即1774年,巴伐利亚选帝侯马克西米利安三世的宫廷向莫扎特发出了歌剧作曲的邀请。

同年12月6日至1775年3月7日,他前往慕尼黑接受委托。由于这是来自关系友好的慕尼黑宫廷的委托,科罗莱多大主教尽管不喜欢将臣下派往外地,也只能不情愿地同意了休假。

这次在慕尼黑上演的歌剧是喜剧《假扮园丁的姑娘》。

故事讲述的是身为侯爵千金的女主人公假扮成女园丁,试图忘掉痛苦的恋爱往事。然而在此期间,她过去的恋人却出现了,并因此引发了闹剧。但最后两人还是成为眷属,还促成了另外两对情侣。

这部歌剧于1775年1月13日首演,获得了不错的评价。

3月,莫扎特回到萨尔茨堡,在那之后大约两年半的时间里,他在这个小镇的宫廷乐团里担任乐团首席,每天都过着平淡乏味的生活。

---

[1] 舞蹈教师之家:在莫扎特一家入住之前,曾住过一位叫洛伦茨·斯普克纳(Lorenz Spöckner)的舞蹈老师,在二楼的大厅教贵族们跳舞。1773年,斯普克纳去世,利奥波德在很早以前就开始寻找宽敞的住处,这时房主主动邀请,一家人得以入住。莫扎特从17岁到24岁是在这栋房子里度过的,利奥波德最后也是在这栋房子里离世的。

莫扎特一家移居的舞蹈教师之家

（绘制于19世纪的石版画）

CHAPTER 6 第六章
安娜·玛利亚的悲剧

虽然去了三次意大利,但莫扎特在米兰和佛罗伦萨都没有找到工作,不得不踏上求职之旅。然而,科罗莱多大主教不允许臣下长期休假。儿子太老实,一个人出行很危险。苦恼的利奥波德只好让妻子安娜·玛利亚照顾儿子。这就是悲剧的开始。

"安娜,你能陪着沃尔夫冈踏上这次旅程吗?"

听到丈夫这么问,安娜·玛利亚吓了一跳,一时说不出话来。

"没有别的办法了,那孩子只懂音乐。收拾行李、洗衣服、为马车交涉、办理入住和海关手续、在每个国家换钱,还有旅途中必须勤俭节约这些事,他都不懂。最重要的是,他总是得意忘形,容易被人骗,稍微被人家甜言蜜语吹捧一下就上当,这一点需要你好好监督。"

"话是没错,可这些事情一直以来都是全部交给你,我一个人实在做不来。"

"不管什么事我都可以写信教你,所以旅途中发生任何事你都要写信报告我,遇到困难就听我指示。这样我就可以马上给你回信,告诉你该怎么做。"

"毕竟你休不了假嘛,那也只能这样了。"

"是啊,真是太遗憾了!但凡我的休假能被批准,就不用拜托你了。大主教甚至说我也可以辞去宫廷乐团的工作。"

"就是呢,我们确实请求他让沃尔夫冈辞职,可你只是申请休假而已。"

为了给莫扎特找个好工作,利奥波德请求大主教给自己和儿子放长假，而科罗莱多大主教却不允许他们任何一个人休假。莫扎特不得已要求辞职，科罗莱多大主教表示父子二人都可以辞职。

如果连利奥波德都被迫辞职，莫扎特家的生活将无法维持。他只好慌忙向大主教道歉，收回请假条。

"如果是以前的大主教，应该不会说这么过分的话吧。"

"是啊，一切都和施拉滕巴赫大主教的时代不同了。这也是命吧。我是个平庸的人，也活不了多长了，被埋没在这里也没关系。但是沃尔夫冈不一样，他的才能不可以被埋没在这样的小镇上，那太可惜了，也违背了上帝赐予他音乐才华的旨意。一定会有一个地方可以让他自由自在地创作音乐，这次旅行一定要找到那样的地方。我希望你能看好他，不要让那孩子忘记这个重要的目的，误入歧途。还有，如果孩子遇到了什么痛苦的事，就让他尽情撒娇吧。"

"我知道了，我做好心理准备了。"

1777年9月23日，56岁的母亲安娜·玛利亚和21岁的儿子莫扎特乘坐大西游时使用的私人马车从萨尔茨堡出发，前往西北方向的慕尼黑。旅费是利奥波德向几个熟人借的。

原来的房东哈格瑙尔一如既往对这家人很好，这次也痛快地借给了他们一大笔钱。他们一家的朋友布林格神父也借了一大笔钱。

为了回报这些善意,也为了偿还债务,这次就职旅行无论如何都要成功。

安娜·玛利亚非常清楚这一点,但莫扎特似乎并没有太放在心上,还为久违的旅行兴奋不已。对于从小就习惯了旅行的他来说,旅行才是生活,是能够满足他旺盛求知欲的生活与学习方式,所以慕尼黑之旅后旅行生活中断,被困在萨尔茨堡的这两年半时间里他每天都过得很不是滋味。

马车出发后,他终于感到重见天日。

"妈妈,好不容易从萨尔茨堡出来了,好好享受吧。我知道自己该做什么,不用担心。"

"你可别忘了,爸爸为什么要历尽艰苦让你出来?就连旅费也是爸爸低头向大家借的。"

"当然,我明白。"莫扎特虽然嘴上说明白,却并没有深刻地意识到这次旅行是背水一战。相反,他正为久违的旅行而开心得不得了。

也许他自己并没有意识到,这次旅行之所以如此愉快,不只是因为他摆脱了萨尔茨堡狭小的乡村世界,不用再看到总是看不起他的科罗莱多大主教的嘴脸,更是因为离开了一直以来监管着他的人生、只让他在自己设定好的轨道上行走的父亲,离开了高强度管束的解脱感也让他心情开朗。

出发当晚,他们在瓦萨堡过夜,第二天傍晚抵达了慕尼黑。

在这里，母子收到了利奥波德从萨尔茨堡寄来的第一封信。两人出发后，南妮尔因离别而悲伤过度大哭一场，信中说她头痛恶心，卧床休息，就连一家的爱犬平佩斯也悲伤地躺在她身旁。此外，信里还密密麻麻地写着萨尔茨堡的一些小事，以及一些琐碎的旅行须知。

莫扎特拜访了原来认识的宫廷剧院总监泽奥伯爵，郑重请求拜见选帝侯马克西米利安三世。可是等了好几天，选帝侯始终没有召见他。母亲担心了起来。

"住宿费越来越多了，要是能早点叫我们到城堡里去就好了。"

终于等到选帝侯召见那天，莫扎特跪倒在选帝侯面前。

"陛下，好久不见。我是沃尔夫冈·莫扎特。《假扮园丁的姑娘》演出时承蒙您的关照。"

"哦，自那以后已经两年，不，快三年了没见了。我一直觉得你在萨尔茨堡应该过得很好呢。"

"陛下，如您所知，我曾在意大利学习过歌剧，并在米兰接受了三部歌剧的委托，全部都大获成功。我可以很自豪地说，我在您这里创作的《假扮园丁的姑娘》也受到了您的喜欢。我擅长的领域是歌剧。然而，萨尔茨堡没有歌剧专用剧场，也几乎没有让我写歌剧的机会。我的愿望是侍奉像陛下这样精通音乐、对歌剧有着深刻理解的人。所以尽管冒昧，我还是直接来请求您。"

"我知道你是歌剧的名家,也非常想聘请你当宫廷作曲家,但很不巧,现在没有空位。"

莫扎特原本期待着选帝侯能雇用自己,但这话让他大失所望,他只好心怀不甘地继续恳求。

"陛下,只要有一个空位,我一定会为陛下和慕尼黑增光添彩的。"

"嗯……可是现在每个位置上都有人了。"

马克西米利安三世一定也听到了一些传言,说莫扎特因为和科罗莱多大主教关系不和,被迫离开宫廷乐团,从萨尔茨堡出走。马克西米利安三世很重视与近在咫尺的萨尔茨堡宫廷的关系,不可能雇用一个丢掉那里的乐团首席职位出走的年轻人。

"妈妈,对不起,没戏了。我们去下一个城市吧。"

"妈妈也不太懂这些,不过这些大人物一定有很多难言之隐吧。你不用向妈妈道歉,但是你自己也不要失望哦。"

母子二人于 10 月 11 日从慕尼黑出发,前往西北边的城市奥格斯堡。

这里没有宫廷,所以没有职位可寻,他们也并没有在这里找工作,但奥格斯堡是利奥波德的故乡,也是有着回忆的地方。他们曾经在大西游时顺道经过这里,在乐器制作人斯泰因的店里买了便携式钢琴。

莫扎特这次也顺便去了斯泰因的店。一开始，他装出一副初次见面的样子，反过来说自己的名字："我是慕尼黑乐器制作人的弟子，名叫特扎莫。"

斯泰因一脸迟疑地说："您该不会是莫扎特先生吧？"当莫扎特开始弹钢琴时，斯泰因大叫一声抱紧了他。

斯泰因让他试奏了最新型的钢琴。莫扎特为琴的优异性能惊叹不已，在写给父亲的信中，他对这架琴赞不绝口。读这封信，我们就可以清楚地看出莫扎特作为乐器鉴定家有着多么敏锐的眼光。

"斯泰因的乐器在用力按键后，不管手指是否停留在琴键上，响过就会停止，而且听起来非常清楚。无论怎么触碰键盘，声音总是平均的，既不会发出刺耳的声音，也不会过强或过弱，更不会完全不响。他的乐器的特征是带有擒纵机构（消除杂音的装置）。在这一点上苦心钻研的乐器制作人百中无一。没有擒纵机构的钢琴，无法做到按键后不发出杂音或余音不颤抖。他的乐器，无论按下琴键还是松开琴键，锤子都会在击打琴弦后马上落下……"

莫扎特用斯泰因的乐器在这个城市举办了两次音乐会。演奏曲目中包括他前一年作曲的《为三架钢琴而作的协奏曲》。当时，第一钢琴手由这个城市的音乐家担任，第二钢琴手是莫扎特自己，第三钢琴手则是乐器制作人斯泰因。

斯泰因有一个叫娜涅特（Nannette）的女儿，什么曲子都能背下来弹。8岁的娜涅特·斯泰因用现在的话来说就是"钢琴天才少女"。莫扎特向利奥波德报告说，娜涅特在演奏中表情千变万化，节奏和指法也自成一派，并对此发表了尖锐的意见："虽然有才华，但这样的弹法应该不会有长进吧。"

实际上，娜涅特的确没有成为钢琴家，而是在帮助父亲的过程中学习乐器制作技术，在父亲去世后作为键盘乐器制作人，让"斯泰因钢琴"声名鹊起。之后，她与从事相同工作的约翰·安德烈亚斯·施特赖歇尔（Johann Andreas Streicher）结婚，夫妻二人经营乐器工作室，她以娜涅特·施特赖歇尔之名为人所知。后来，贝多芬[1]也很信赖娜涅特，接受过她的许多建议。

在奥格斯堡，莫扎特与利奥波德的弟弟弗朗茨·阿洛伊斯的女儿玛利亚·安娜·泰克拉成了好朋友。她比莫扎特小两岁，是他的堂妹。

莫扎特称她为"小堂妹"，两人毫不客气地互相开着莫扎特爱说的"放屁""大便"等玩笑，度过了愉快的时光。利奥波德在萨尔茨堡知道他这么得意忘形，很是担心，告诫

---

[1] 贝多芬：路德维希·凡·贝多芬（Ludwig van Beethoven，1770—1827），德国作曲家，出生于波恩，是继海顿、莫扎特之后，集古典音乐之大成的音乐家。他留下了9首交响曲、32首钢琴奏鸣曲，以及16首弦乐四重奏等杰作。

儿子说:"我听说那个女孩有很多男性朋友,不要和她走得太近了。"很难说莫扎特对这位"小堂妹"是否有异性的感情,但确实产生了某种爱慕之心。

两人都喜欢充满恶作剧的文字游戏和玩笑,这一点非常相似,所以他们令人惊讶地合得来。

莫扎特生平第一次摆脱了父亲的直接影响,以这样的形式将解脱感表现得淋漓尽致。

10月26日,母子二人从奥格斯堡出发,途经霍黑纳尔泰姆,于10月30日抵达莱茵河与内卡河的交汇处曼海姆。

14年前年仅7岁的他拜见过的卡尔·特奥多尔(Karl Theodor)选帝侯现在还统治着这座城市,这里有规模和质量都堪称欧洲第一的宫廷乐团。

莫扎特与宫廷乐师长克里斯蒂安·坎纳比希(Christian Cannabich)、乐长伊格纳茨·霍尔茨鲍尔(Ignaz Holzbauer)、长笛演奏家约翰·巴普蒂斯特·温德林(Johann Baptist Wendling)、双簧管演奏家弗里德里希·拉姆(Friedrich Ramm)、男高音歌唱家安东·拉夫(Anton Raaff)等人结为好友,并经由他们介绍认识了宫廷音乐总监萨维奥里(Savioli)伯爵,向他表达了希望能在这里工作的愿望。

于是,萨维奥里伯爵在11月6日的宫廷音乐会上邀请了莫扎特演出。安娜·玛利亚立刻向萨尔茨堡的丈夫报告了这

第六章　安娜·玛利亚的悲剧　　137

娜涅特·施特赖歇尔　　　　玛利亚·安娜·泰克拉
　　　　　　　　　　　　　　　"小堂妹"

一巨大成功。

"你无法想象沃尔夫冈在这里受到管弦乐团和其他乐手的追捧到了什么程度。大家都说没有人能比得过这孩子。大家都在模仿他创作。"

安娜·玛利亚天性豁达乐观,看到儿子受到曼海姆音乐家的青睐,她非常高兴。她把这一切都往好的方面想:这样一来,这些人也会帮忙说话,儿子一定能找到工作。更重要的是,为了筹集旅费,丈夫在萨尔茨堡过着节衣缩食的生活,她想让丈夫安心,所以信中充满了欢快的语调。

"音乐会举办得很顺利的事,我已经向爸爸报告了哦。下次写信时要是能告诉他你找到工作的好消息就好了。"

"嗯,妈妈,一定可以的。大家都为我的音乐而痴狂,选帝侯大人一定也会把我留在这里的。"

"到时候爸爸也会很高兴的。"

秋风渐起。

随着天气越来越冷,母子俩也越来越囊中羞涩。虽然莫扎特得以再次在选帝侯面前演奏,但只收到了一块装饰精美的金表作为谢礼,并没有被邀请成为宫廷音乐家。在简陋的廉价旅馆房间里,安娜·玛利亚数着身上为数不多的钱,一边盘算旅馆的开销,一边等待在外面到处玩乐的儿子。她看着闪闪发光的金表,深深叹了口气。

"啊，果然还是没有给钱。手表已经有好几个了。怎么办？旅馆的费用还在不断增加。爸爸严厉要求我们向他报告每天的开支，可是这钱不得不花呀。选帝侯大人没说要雇用你吗？"

"没说过这件事。我来给选帝侯的公主写一首温柔的钢琴曲吧，也许会有效果。"

然而，卡尔·特奥多尔选帝侯还是没有开口说工作的事。12月8日，他通过萨维奥利伯爵正式回复说："现在没有雇用沃尔夫冈的打算。"

"妈妈，这里也说不需要我。选帝侯真傻呀。意大利回来的大作曲家多么难得一见啊，哈哈哈。"莫扎特只能强颜欢笑。

这时，亲切的男高音歌唱家拉夫提出了一个意想不到的建议。

"实在抱歉没能帮上您的忙。不过啊，您在这里再多待一段时间怎么样？"

"可是，我没有工作啊。"

"不，我们打算等冬季音乐会结束后，去巴黎赚一笔钱。因为我之前也经常去巴黎，认识很多人，所以只要开音乐会一定能赚钱。节目包括温德林的长笛、拉姆的双簧管，再加上我的咏叹调，如果你来弹钢琴的话，大部分的曲子就都能演奏了。所以，如果可以的话，我们一起去吧。音乐会期间的空闲时间，还能收有钱人家的子弟当徒弟呢。"

"哇，那太好了！真是太感谢您了，拜托了！"

"有我们陪着你，就不用再给你母亲添麻烦了。两个人去巴黎的路费也是很重的负担吧？你母亲从这里回萨尔茨堡就行了。"

听到这番话，安娜·玛利亚高兴得跳了起来。

——太好了。拉夫先生很懂音乐，也很有社会经验，如果他愿意照顾沃尔夫冈的话，没有比这更令人感激的事情了。他一定会帮那孩子找工作，那孩子得意忘形的时候也能帮忙劝诫他。如果两个人去巴黎的话实在太费钱了。让我回萨尔茨堡吧。只要孩子他爸能同意就好了……

幸运的是，当安娜·玛利亚为这个计划写信请求利奥波德的许可时，利奥波德也表示同意。

——太好了。这样那孩子就能和比我更可靠的同伴们一起去巴黎了。在巴黎也许能找到工作。让我回到萨尔茨堡，等待巴黎传来的喜讯吧。

因为他们要等到曼海姆的音乐会结束后才去巴黎，所以到春天为止一直蜷缩在昏暗的廉价旅馆房间里的安娜·玛利亚有一种即将重生的感觉。

母子俩决定在曼海姆过冬。尽管安娜·玛利亚要回萨尔茨堡，但冬天的长途旅行也太难受了。

"住在酒店里很费钱吧。"拉夫和温德林为莫扎特介绍了一份工作——在宫廷顾问官塞拉利乌斯（Serrarius）家担任音乐教师。

"妈妈，我们可以离开这个又冷又闷的酒店了。塞拉利乌斯先生说，请妈妈也一起来，还让我们在他们家吃饭。我们马上搬过去吧。"

"那真是太好了。那你去了要做什么工作呢？"

"我只需要给塞拉利乌斯先生的女儿上钢琴课就行了。"

塞拉利乌斯家的女儿名叫泰蕾莎·皮埃伦（Therese Pierron），今年15岁。她聪明可爱，也有钢琴天赋，教学进行得很顺利。莫扎特为她写了一首小提琴奏鸣曲来报答塞拉利乌斯的恩情。

坎纳比希还给他介绍了其他有钱的学生，温德林从一位叫斐迪南·德让（Ferdinand Dejean）的爱好长笛的医生那里收到了作曲委托，要求创作三首长笛协奏曲和两三首四重奏。莫扎特接受了这个委托，他写了一首全新的G大调第一长笛协奏曲，但之后似乎就没有了干劲，把之前写的双簧管C大调协奏曲编成了D大调第二长笛协奏曲，第三首最终并没有写。

这两首曲子现在都是长笛协奏曲的名曲，是全世界长笛演奏者重要的保留曲目。

另外的四重奏他倒是努力写了三首。当他把这些连同两首协奏曲一起交给委托人德让时，德让对他只写了一首新的协奏曲感到不满,只支付了当初约定金额的一半,也就是200古尔登。

尽管如此,这笔正经收入还是让安娜·玛利亚松了一口气。

这样一来,等莫扎特和温德林他们一起去了巴黎,我就可以回到心心念念的萨尔茨堡了吧……

有一天,住在附近基尔夏因博兰登的拿骚-威尔堡亲王卡尔·克里斯蒂安(Karl Christian)的夫人卡洛琳召见了莫扎特。她就是曾经他们大西游归途时遇到的,在荷兰海牙担任威廉五世摄政的那位爱好音乐的亲王夫人。

那个时候,亲王夫人派宫廷医生救了因伤寒而濒临死亡的南妮尔,并对莫扎特的演奏赞不绝口。年仅10岁的他给夫人献上了六首小提琴和钢琴奏鸣曲。

此后,夫人不再需要辅佐已经成年的弟弟威廉五世,于是她与在基尔夏因博兰登拥有领地的丈夫拿骚-威尔堡亲王卡尔·克里斯蒂安一起在这片德意志的土地上生活。基尔夏因博兰登与曼海姆非常近。夫人得知莫扎特住在曼海姆,便派人前去探望。

亲王夫人爱好声乐。于是莫扎特想向她献上几首旧作中的咏叹调,并与温德林商量,制作一份呈献用的乐谱副本。

"你有认识的抄谱员吗?"

"有,有一个很好的抄谱员,叫弗利多林·韦伯(Fridolin

Weber）。他在宫廷里唱了很长时间男低音，也做一些舞台上的琐碎工作，但因为孩子多，生活艰辛，所以把抄谱作为副业。他技术精湛，能准确又迅速地抄好谱，而且费用也便宜。"

莫扎特找到韦伯拜托他抄谱，韦伯非常高兴地接受了这份工作，还说了自己家人的事。

"我家有四个女儿和一个儿子，我给每个孩子都上过音乐课，其中第二个女儿唱歌特别好，最近终于可以在宫廷里唱歌了。我希望阿洛伊西亚（Aloysia）能成为唱歌剧主角的首席女歌手。你能听听我女儿唱歌吗？"

"好啊。"

莫扎特以为这不过是一个偏爱孩子的父亲，并没有抱太高期待，但当他听了韦伯17岁的女儿阿洛伊西亚的歌声时，还是吓了一跳。歌唱技巧流畅而均匀，音量丰沛，充满感情。而且，阿洛伊西亚是个身材苗条、五官端正的美人。

"太棒了，我再稍微教一下，几乎就完美了。"

莫扎特不仅免费给阿洛伊西亚上课，还想到了一个点子，那就是让韦伯和阿洛伊西亚父女和自己一起前往基尔夏因博兰登，让阿洛伊西亚在亲王夫人面前唱歌。他用心为阿洛伊西亚新写了一首适合她的咏叹调，当然没有收取作曲费，然后带着父女俩去了基尔夏因博兰登。

在那里，莫扎特得意地看着在亲王夫人面前唱歌的阿洛伊西亚，陶醉地望着她美丽的侧脸，沉浸在幸福之中。

他自己也表演了精彩的钢琴演奏，还为亲王夫人演唱的咏叹调伴奏，得到了一笔相当可观的酬金。但他把一半的酬金都分给了阿洛伊西亚，还承担了往返马车的全部费用，所以最后到手的钱所剩无几。他就是这样善良又大方。如果利奥波德知道了，一定会气得咬牙切齿吧。然而莫扎特根本不在乎钱的事。

与美丽又才华横溢的阿洛伊西亚一起去基尔夏因博兰登短途旅行，还为她提供了表演的舞台，这样的幸福让莫扎特沉醉不已。

"妈妈，我不跟拉夫先生、温德林先生他们一起去巴黎了，因为我们的想法不一致。我更希望带着韦伯先生和阿洛伊西亚，她长得漂亮，在舞台上很有魅力，唱歌也在我的指导下越来越好，一定能在意大利大获成功。这样一来，我就能得到歌剧的作曲费，还能接到新的订单，说不定还能成为某个宫廷的专属作曲家呢。"

母亲吃了一惊。

"你在说什么梦话呢？那姑娘虽说是歌手，但也只是刚刚起步而已。像她这样的新人，不可能一下子就在意大利取得成功的。"

"不会的，她的才华很罕见，而且有我在呢。"

阿洛伊西亚·韦伯

"沃尔菲，请你冷静地听我说。这么说你别生气，妈妈不相信韦伯那一家人，也听到了很多不好的传闻。有人说他利用女儿们获取有钱男人的援助，或是寻找赚钱的门路，你是不是被他们利用了啊？"

"这太不像妈妈会说的话了。别说这么过分的话，他们都是很好相处的人。"

"你啊，太容易被人骗了。你别忘了，爸爸就是因为这样才担心你，让我一起来的。妈妈很清楚，爸爸担心的正是这样的事情。总之，你先问问爸爸吧，他也会反对的，到时你就得放弃了。"

莫扎特在1778年2月4日寄出了叙述前往意大利计划的信件，利奥波德在落款2月12日的信件中强烈斥责了儿子。

"你为了别人的利益，别说自己的利益和名声了，就连年迈的父母和老实的姐姐都要牺牲吗？你这次旅行的目的是找到一份长期稳定的好工作，如果找工作不顺利，那就去一个可以获得高收入的大城市。一听你说要和韦伯父女一起旅行这种荒唐的想法，我都快疯了。儿子啊，你得去巴黎。你善良的姐姐因为觉得太丢脸，这两天一直在哭。"

父亲的哀叹和斥责最终取得了胜利，莫扎特尽管心还在阿洛伊西亚这里，也还是决定要去巴黎。但是，就在他还沉迷于此前那个不切实际的计划时，温德林他们已经先去了巴黎，所以不能和他们同行了。

为了不让这个老好人儿子变成断了线的风筝，还是得让母亲看着他，和他一起去巴黎。安娜·玛利亚曾经那么高兴能回到萨尔茨堡，但由于儿子看不清现实，满脑子荒唐想法，她永远地失去了回乡的机会。

3月14日，莫扎特和母亲乘上从萨尔茨堡坐过来的马车，从曼海姆前往巴黎。但准确地说，这已经不是莫扎特家的马车了。两人为了筹措去巴黎的路费，卖掉了这辆马车。

决定要出售马车之后，一开始怎么也找不到买家。最后他们终于与一家马车行达成协议，对方出价40古尔登，并把母子送到巴黎，两人只需向马车行支付扣去马车价格后的乘车费。也就是说，莫扎特家那辆破旧的二手马车卖出的价格，还不够两个人前往巴黎的车费。

旅行的后半段遇到了恶劣的天气，雨水和大风毫不留情地灌入简陋的车厢里。母子二人浑身湿透，在摇晃的马车里瑟瑟发抖，终于在3月23日抵达了巴黎。

15年前他们大西游时曾在去程和返程中两次在巴黎停留，对母子来说这回是时隔12年第三次到访巴黎。

父亲来信告诉了他们一家古董商经营的狭小出租屋，在那里安顿下来后的第二天，莫扎特前去拜访曾经让7岁的他在巴黎声名鹊起的恩人格林男爵。

不巧，格林不在家。几天后他见到了格林，格林大致听莫扎特说了说自己的情况，但似乎对已经 22 岁的莫扎特没有什么兴趣，也不太想积极帮助他。尽管如此，莫扎特去拜访他几次之后，也许是面子上过不去，格林帮他给一位公爵夫人写了介绍信，莫扎特立刻前去拜访。

到了那里，莫扎特在没有暖炉的房间里等了很长时间，好不容易被叫进沙龙，公爵夫人正和客人们一起兴致勃勃地画画，对他态度很冷淡，她用下巴指了指钢琴的方向，说："这架乐器最近没有调音，如果可以的话，请您弹吧。"之后，她就像莫扎特根本不在那里一样，回去和朋友们画画了。莫扎特没办法，只好一边呼气温暖冻僵了的手指，一边弹奏了起来。但那些挥动画笔高声畅谈的客人没有一个人在听他的演奏。

与格林相比，早一步从曼海姆来到的温德林要亲切得多。他亲自向莫扎特介绍了巴黎演奏团体"圣灵音乐会"的经理勒·格罗（Le Gros）。托他的福，莫扎特找到了一份编写合唱曲的工作，虽然报酬不多。

莫扎特还通过温德林介绍认识了爱好长笛演奏的纪尼公爵（duc de Guînes）。

"我女儿会弹竖琴，我很喜欢那个声音，你能不能为我和女儿写一首长笛和竖琴的协奏曲？你知道，竖琴不能自由使用半音，很难与长笛组合，所以几乎没有长笛和竖琴的作品。

正因为如此，我才希望你来写。"

"是啊，竖琴的音色很梦幻的。我来写吧。"

莫扎特应这一委托完成的就是音乐史上鲜有同类作品的《长笛与竖琴协奏曲》。

"我女儿也会弹钢琴，她说想要弹得更好，请一定来教教她。"

就这样，莫扎特接到了编曲和作曲的订单，也收到了上课的任务，为了完成这些工作，他不得不磨破鞋底，在巴黎市内跑来跑去。巴黎市内的交通方式只有步行或马车，如果雇马车的话，作曲报酬和授课费的大半都会花在这上面。

不过，莫扎特还是有很多地方要拜访，既在人家的暖炉前畅谈，也去参加提供营养热餐的沙龙。

虽说是为了工作，但就在他繁忙奔波于这些地方的时候，在巴黎没有熟人、也不像儿子那样会说流利法语的安娜·玛利亚没有说话的对象，只能在阴暗潮湿又不卫生的出租屋里，度过了漫长的孤独时光。

巴黎的物价高得令人瞠目结舌，买个面包都得跟钱包商量。安娜·玛利亚不像儿子那样有机会被请客，所以吃饭也是上顿不接下顿。萨尔茨堡的丈夫不断寄来严厉的斥责信，说："有你陪着还变成这样，都是因为你太溺爱他了。"

——为什么会变成这样呢？

15年前的巴黎，我们到凡尔赛，在国王一家面前演奏。此后，巴黎的贵族纷纷邀请我们，想听听孩子们的演奏。我们收获了很多酬劳，丈夫心情很好，大家都很幸福，莫扎特的未来看起来也是一片光明。

那时候，我做梦也没想到15年后会在巴黎过得如此凄惨。现在已经无法想象儿子的光明未来了。我们会变成什么样呢？儿子找不到工作也无所谓了，只要能回到想念的萨尔茨堡……

烦恼之中，头痛和耳鸣开始折磨安娜·玛利亚。一开始她以为是错觉，并没有告诉儿子，后来实在忍不住了才坦白。

大吃一惊的莫扎特先让母亲吃了随身携带的常备药，又拜托一位好心的熟人在自己不在家时多照顾照顾母亲，但安娜·玛利亚的病还是越来越严重。

这个时候，一位叫让·约瑟夫·鲁多夫（Jean Joseph Rodolphe）的凡尔赛宫廷圆号演奏者带来了一个好消息。他给莫扎特提供了一个光荣的宫廷管风琴师的职务。

国王一家居住的凡尔赛宫位于巴黎市中心以西22千米处。那里有宫廷专用的气派教堂，里面配备了历代著名管风琴演奏家曾经弹奏过的历史悠久的管风琴。在早晚礼拜和每年各种庆典和仪式上演奏管风琴，就是管风琴师的工作。只要工作半年，就能得到2000里弗尔的工资，换算成奥地利的货币就是915古尔登。这是相当高的报酬。

——怎么办？凡尔赛的管风琴手吗？这跟歌剧可没关系啊。

莫扎特虽然不太情愿，但还是写信向父亲报告了此事，父亲说："听听格林先生的意见吧。"没办法，他只好去找格林男爵商量了。

"这是个好差事啊。你一定要去凡尔赛，这样你萨尔茨堡的父亲才放心。"

格林的样子仿佛这个好工作是他给介绍的。

——格林这么说，爸爸的意见肯定也一样。这可不行！

眼前格林的脸与利奥波德的脸重叠在了一起。

莫扎特拼命地反驳格林的话。

"可是，这不好说吧。我确实喜欢管风琴，但我的本领在歌剧。在巴黎的话，可以经常和剧院工作者和音乐家见面，所以能有歌剧工作的机会。如果去了凡尔赛，每天只面对管风琴，会不会很快被巴黎人遗忘？"

"你怎么会一辈子都待在凡尔赛呢？你还年轻，工作一段时间后再回巴黎又有什么关系呢？"

"可是，我觉得管风琴师的工作不适合我这种爱热闹的人。"

实际上，与曼海姆的阿洛伊西亚·韦伯泪别之后，他还没有彻底放弃与她一起前往意大利的梦想。如果在巴黎做一个自由的音乐家，或许可以找个机会带阿洛伊西亚去意大利。但如果接受了这个工作，就会被困在凡尔赛，别说去意大利了，就连来巴黎都很困难。开什么玩笑，我可不愿意被关在凡尔赛。"

格林越是劝他，他就越不想去凡尔赛。

从信中得知此事的利奥波德写了一封信，千方百计试图说服儿子。

"你得接受这个工作。有什么不满意的呢？报酬这么高，而且只要你认真工作，将来成为凡尔赛宫廷乐长不是梦。"

然而，正如俗话所说，"儿女不知父母心"。在父亲的信寄到之前，莫扎特已经毫不犹豫地拒绝了这件事。

当时，莫扎特接受歌剧院的委托，为巴黎的芭蕾舞教师诺维尔（Noverre）创作了名为《小玩意》的芭蕾音乐。

6月11日是首演日。然而，从前一天晚上开始，母亲的病情就一直在恶化。他很想陪在母亲身边，但因为是他创作音乐的芭蕾舞剧首演日，所以不能不去。莫扎特一步三回头地去了歌剧院。首演顺利结束，演出还算成功。话虽如此，成功的只是芭蕾舞演出，并没有任何资料记载使用的音乐是沃尔夫冈·莫扎特的作品。不，不管有没有记载，听众都只是被芭蕾舞迷住了，根本就没有人关心音乐。

莫扎特强忍着屈辱的心情飞奔回家，发现母亲的病情似乎有些好转，但之后就不断恶化。发高烧、头痛、牙痛、喉咙痛、耳朵痛，身体逐渐衰弱，耳朵渐渐听不见声音，不久就失去了意识，开始说胡话。

这情况已经非同小可了。莫扎特拒绝了所有的工作邀约，陪在母亲的枕边。期间只有几个熟人来关心他们母子俩。

6月18日，圣灵音乐会经理勒·格罗委托的交响曲，也就是现在被称为《巴黎》的《D大调第三十一号交响曲》进行首演，取得了无可置疑的大成功。但由于担心母亲的病情，莫扎特来不及细细品味成功的喜悦，便回到了母亲的枕边。

然而，莫扎特竭尽全力的看护也无济于事，7月3日，母亲在异乡踏上了不归路，享年57岁。

直到生命的终点，这位善良的母亲仍然一如既往地对丈夫和孩子们倾注着所有的爱，她用尽最后的力气，在6月12日写了一封寄给萨尔茨堡的丈夫和女儿的短信。这封信成了她的告别语。

"再见了，你们都要保重。亲吻你们几万次。我是你诚实的妻子。我就写到这里。因为我的胳膊和眼睛都痛……"

莫扎特在送走了母亲的当天深夜，给故乡的父亲写了一封信。

我最爱的爸爸：妈妈的身体不太好。虽然有段时间好起来了，但之后就越来越差，变得不能说话，耳

朵也听不见了。我已经在希望和绝望之间徘徊了很长一段时间,我想把一切都交给神明处置……

在这封信里,他试图避免让父亲突然陷入伤心的境地。接下来,他又给一家的好友约瑟夫·布林格神父写了一封信,告知他母亲的死讯。

我最好的朋友啊,请和我一起难过吧。现在是半夜两点。我必须告诉你这件事。我深爱的母亲已经不在了。上帝召回了母亲。请你知道,这两个星期我是多么的不安。可怜的母亲在什么都不知道的情况下死去了,这大概是神的旨意吧。我有一件事想拜托你。请你帮我照顾我可怜的父亲,让他做好接受这一悲惨现实的心理准备。我在信里只告诉了他母亲病危的事,我想光是这样就足以让父亲和姐姐崩溃了,所以请让他们两个人冷静下来,让他们做好心理准备,平静地接受事实。

这还是那个得意忘形、容易受人摆布、不计得失、想一出是一出的年轻人写的信吗?

安娜·玛利亚用自己的死教会了最爱的孩子人生的痛苦和为人处世应有的深思熟虑。

CHAPTER 7 第七章

萨尔茨堡的笼中鸟生活

回国途中，莫扎特为了与阿洛伊西亚见面顺道去了慕尼黑，却被她嘲笑是没有工作的贫穷音乐家。莫扎特带着深深的心灵创伤回到家乡，在萨尔茨堡过上了沉闷的宫廷生活。这时，他接到了来自慕尼黑的歌剧订单。由于歌剧的成功，他得意忘形，把原本六周的休假无故延长了四倍，激怒了大主教……

不知何时，东方的天空已经泛白。

写完两封信，莫扎特趴在小小的桌子上迎来了早晨。

——是啊，妈妈已经不在这个世上了……

莫扎特擦了擦再次涌出的泪水，站了起来。

——我必须举行葬礼。

母亲死后的第二天，他一个人做了安排，在堪称巴黎最美的圣厄斯塔什教堂举行葬礼，将母亲的遗体埋葬在了教堂的墓地。

——今后，爸爸和南妮尔应该不会来巴黎扫墓吧。我在巴黎的时候还能来看看，可我一走，妈妈就要一个人长眠在这里了。

——都怪我只顾自己的事，对生病的妈妈不管不顾，把最爱的妈妈害死了。

——啊，妈妈，对不起。你那么想回萨尔茨堡。

在自责的心情和深深的悲伤中，他拿起笔在五线谱上写出了一首钢琴奏鸣曲。这是他的奏鸣曲中少有的以悲伤的小调写成的《a小调第八钢琴奏鸣曲》。

在悲伤稍微缓解了一些以后，为了让自己在巴黎的生活走上正轨，莫扎特再次努力出差上课，不管多小的工作都来者不拒，四处接受作曲和编曲的订单。然而他的学生始终没有增加，授课费也被削减，还总是拿不到作曲的酬劳。他每天都深深体会着在异国他乡赚钱的不易。

这时候，他听到了英国传来的噩耗：8年前第一次去意大利旅行时在佛罗伦萨结交的同龄好友托马斯·林利去世了。林利14岁时就已经具备一名优秀小提琴手的水准，之后作为作曲家和指挥家大展身手。然而，这一年的8月5日，他在英国古城庭院的池塘里划船时遭遇了翻船事故，年仅22岁就英年早逝了。

母亲去世之后，好友也去世了……莫扎特难过地哀叹道："林利是真正的天才，他差点就能成为音乐界最伟大的人物之一了。怎么会这样！"

与此同时，萨尔茨堡的父亲寄来了一封信，严词敦促他尽快回国。

"你得马上回来。我想听你妈妈临终前的嘱托，而且你再住下去也是浪费钱。为了让你出去旅行，我借了一大笔钱，在没还清以前我不能死，那样你姐姐就太可怜了。你必须早日返回萨尔茨堡，回到原来的职位上，和我一起还债。"

本来这次旅行就是利奥波德为了让莫扎特找到与他的才能相匹配的职位而计划的，现在他却严厉地催促儿子回国。虽然听起来有些矛盾，但这是因为他期待的一切都落空了，所有的求职都没有结果。利奥波德明白了，现在只有把儿子召回身边，让他回到科罗莱多大主教的宫廷里过上踏实的生活，才是唯一的出路。

然而，莫扎特无视父亲的严令，磨磨蹭蹭地在巴黎逗留了很长时间。

这是因为，他对萨尔茨堡这个狭小的城市和科罗莱多大主教抱有强烈的反感，没有心情启程回乡，也还没有放弃阿洛伊西亚。

如果留在巴黎，说不定不久就能见到以歌剧歌手为目标的阿洛伊西亚。但是如果回到那大山深处的萨尔茨堡，就永远没有机会了。

利奥波德对儿子迟迟不肯回国感到非常着急，但他没办法亲自去把儿子带回来。于是他给老朋友格林男爵写信，拜托他说服儿子回国。

格林男爵曾经是帮莫扎特打出神童名声的大恩人，但现在他对这个年过二十、没有工作的青年，已经没有了过去的关心、热情和好感。利奥波德拜托他帮忙给莫扎特找工作的时候，他就已经不太愿意费心费力了。说白了，对格林来说，现在莫扎特不过是一个棘手的包袱罢了。

——希望他早日回到萨尔茨堡。在这一点上，他与利奥波德的想法完全一致。

于是，格林决定采取强硬措施。有一天，莫扎特接到了格林的通知。

"我已经安排好去斯特拉斯堡的马车了。到那后，换乘经斯图加特去慕尼黑的马车，这是最快的路。好了，快收拾行李吧。不不不，马车费就不用给我了，就当是我一点小小的心意吧。"

"这，这怎么行呢？谢谢您的好意，但您这样自作主张让我很为难。我在巴黎还有事情要做。"

"你现在应该做的，就是尽快回到家乡，把你母亲去世的情况详细地报告给你父亲。"

"可是，我还有接下来要出版的乐谱没有校对……"

"这事不在巴黎也能做。现在是你的父亲拜托我，让你尽快回乡呢。你也多少换位思考一下，理解你父亲的心情吧。"

就这样，9月26日，莫扎特被半强制性地押上了马车。他在斯特拉斯堡举办了三场演奏会，但几乎没有收益。即便如此，他还是没有直接回去，而是顺道去了曼海姆。当然，这是为了见阿洛伊西亚。他鼓起勇气去了韦伯一家的住处，却发现他们一家已经不在那里了。他呆呆地站在那里，房主过来告诉他："韦伯先生一家搬到了慕尼黑。"

"啊？你说慕尼黑吗？"

曾经以"没有空缺"的理由拒绝莫扎特求职请求的慕尼

黑选帝侯马克西米利安三世已经去世，现在慕尼黑选帝侯由曼海姆选帝侯卡尔·特奥多尔兼任，因此宫廷迁到了慕尼黑，侍奉宫廷的韦伯家一家也搬到慕尼黑居住。

——这样啊，那我就去慕尼黑吧！

为了与心爱的阿洛伊西亚重逢，他满怀期待地前往慕尼黑。

——我曾经那么拼命地教她唱歌，还配合她的嗓音写了美妙的咏叹调，让她能够在基尔夏因博兰登的亲王夫人面前唱歌，给她提供了出道的机会。阿洛伊西亚一定也在焦急地等待着与我再会。

固执的他深信阿洛伊西亚也爱着自己。

——见了面，我就和她求婚吧。然后，我们一起去意大利！

为此，他特意从奥格斯堡把"小堂妹"叫到慕尼黑，作为婚约的证婚人。

然而，他的美梦被彻底粉碎了。现在阿洛伊西亚成了慕尼黑宫廷风靡一时的当红歌手，被众多歌迷包围，举止像女王一样，对没有工作四处漂泊的音乐家不屑一顾。不仅如此，阿洛伊西亚还嘲笑他为了替母亲服丧而把上衣的金纽扣换成黑纽扣。

"哎呀，黑色纽扣的上衣，穿起来简直就像仆人的制服。好寒酸啊，呵呵……"

这就是现实。

这时,一直不听父亲嘱咐的莫扎特给父亲写了这样一封信,倾诉了绝望的悲伤。

"今天我能做的事,只有哭泣。我生来就是这么多愁善感……祝您新年幸福!……今天我已经无能为力了。1778年12月29日"

这封信中没有提及悲伤的原因,不过,这种时候他寻求安慰的对象还是父亲。然而,对于"除了哭什么都做不了"的儿子,利奥波德只是催促他尽快回家。

——现在只能回萨尔茨堡了。

没了证婚人任务的"小堂妹",也许是出于对莫扎特的担心,抑或是想要取代阿洛伊西亚在他心中的位置,主动说"我陪你一起回去",然后大大咧咧地跟到了萨尔茨堡。

就这样,1779年1月15日,母亲死后的半年多,莫扎特才带着"小堂妹"回到了他根本不想回来的萨尔茨堡。

"你回来了,累了吧?有什么话慢慢再说,先缓解一下旅途的疲劳吧。"

令人意外的是,利奥波德平静地迎接了儿子和侄女。让妻子客死他乡的自责之念,深深埋在他的心中。

一年又四个月前送走妻儿的时候,做梦也没想到事情会变成现在这样。但这并不是莫扎特的错,一切都是因为自己误判了就业旅行的形势。

他深深地责备着自己。

妻子的死,让自信、习惯了一言堂的利奥波德变成一个少了几分棱角、懂得与人协调的人。

在儿子回乡之前,利奥波德已经为儿子忘恩负义的辞职行为向科罗莱多大主教道了歉,并请求大主教把前任宫廷管风琴手阿德尔加瑟去世后空出来的职位留给儿子。

大主教出乎意料地满足了利奥波德的请求,原谅了莫扎特擅自辞职的不忠行为,并答应重新雇用他为宫廷管风琴手。他还说,将来可以让莫扎特继承利奥波德的职位,担任副乐长,甚至允许他每两年休假一次。

科罗莱多并没有食言,莫扎特回到家乡没几天就被正式任命为宫廷管风琴手,年薪有 450 古尔登,是辞职前的三倍。这在萨尔茨堡宫廷音乐家中也属于高薪阶层了。

这样的结局让人想起了"幸福的青鸟其实就在我家"的寓言故事,但现实并没有那么美满。

年仅 23 岁的莫扎特,曾经三次踏上音乐国度意大利的土地,成功创作了三部歌剧,尽情呼吸过巴黎、伦敦、维也纳、曼海姆、慕尼黑等欧洲的音乐发达城市的空气。对他来说,萨尔茨堡实在太像乡下了。宫廷乐团的同事们都很落后,说话也很低俗,谈论的话题不外乎男女关系和八卦闲话。他根本没法期待和谁讨论音乐,每个人看起来都对音乐毫无热情。

——啊,讨厌,讨厌。我今后就必须和这些人一直交往下去了吗?

——啊,我好想念伦敦的克里斯蒂安·巴赫老师、米兰的圣马蒂尼老师,还有博洛尼亚的马蒂尼神父。他们见多识广,是真正的音乐家。我从这些老师身上学到了很多有益的东西,也学到了对待音乐的严谨态度。可是,这里就没有那样的前辈。

想到这里,莫扎特痛心不已。他甚至觉得,再待在这里,自己就无法成长为音乐家了。

事情远不止如此。

莫扎特曾经与贵族们平起平坐,陪同王室成员在一张桌子上用餐。对他来说,被当作普通奴仆一样对待,在仆人的房间里吃饭,实在是难以忍受的屈辱。

——我不能就这样被关在鸟笼般的萨尔茨堡,在这里腐烂至死。

莫扎特虽然心里这么想,但表面上并没有什么动静,他只是默默做着宫廷管风琴师的工作,业余时间则热衷于玩牌、跳舞和一种叫作九柱球(Kegelstatt)的类似保龄球的竞技,聊以慰藉。他还潜心作曲,创作了第三十二号到第三十四号三首交响曲、《小提琴与中提琴协奏交响曲》和《D大调第九号小夜曲"邮号"》等名曲。

这样平凡的日子持续了一年半左右，1780年夏天，他收到了一封令人高兴的来信。

那是来自慕尼黑宫廷的歌剧订单，委托人是现在兼任慕尼黑和曼海姆两座城市的选帝侯的卡尔·特奥多尔。

三年前，在他还是曼海姆选帝侯的时候，莫扎特想尽办法希望在曼海姆宫廷里谋得一个职位，却遭到了拒绝。那时候真的很不甘心。不过现在看来，选帝侯至少还是考虑了请他创作歌剧的事情。莫扎特喜出望外地开始准备。

这次他被委托创作的是要在第二年早春的狂欢节上演的正歌剧（根据意大利语剧本编写，内容严肃、格调高雅的歌剧）。

莫扎特以法国剧作家丹舍（Danchet）的法语歌剧《伊多梅尼》为基础，请萨尔茨堡的瓦雷斯科（Varesco）牧师创作了意大利语剧本，开始创作名为《克里特王伊多梅尼奥》的歌剧。

故事发生在特洛伊战争[1]后的克里特岛。根据与海神的约定，克里特王伊多梅尼奥必须献祭最心爱的王子伊达曼特。

---

1 特洛伊战争：希腊神话中时常提到的古代战争。指的是公元前1260年至前1180年间，周边诸国的远征军对位于现在土耳其一带的特洛伊国发动的长期战争。

被克里特俘虏的特洛伊公主伊丽亚出于对伊达曼特的爱，决定当他的替身。海神被这种牺牲自我的爱情所打动，消了气，伊达曼特和伊丽亚终成眷属。

莫扎特对慕尼黑宫廷的主要歌手非常熟悉，他想象着他们的声音，写出了一首又一首充满变化的咏叹调和重唱曲。不过，那位阿洛伊西亚不久前已经搬去了维也纳，所以她并没有出现在从慕尼黑寄来的演员名单里。

在萨尔茨堡写完所有能写的咏叹调和重唱曲后，莫扎特在11月5日前往慕尼黑。虽然他工作的时长还没有达到"每两年休假一次"的条件，但科罗莱多大主教还是批准了他六周的休假。

——啊，机会终于来了。我真正想做的正是这个呀，是歌剧呀！好了，我一定要写出好作品来。

一到慕尼黑，莫扎特就迅速开完了碰头会，埋头写剩下的曲子，然后和歌手一起开始了排练。不管多忙，他都丝毫不觉得累。相反，为了歌剧顺利演出而度过的充满紧张感的每一天，对他来说都无比快乐。他越来越强烈地感到，歌剧才是自己本来应该生活于其中的世界。

1781年1月29日，新年过后，歌剧《克里特王伊多梅尼奥》在选帝侯宫廷里的屈维利埃剧场迎来了首演。剧名中的伊多梅尼奥由莫扎特三年前在曼海姆时就很亲近的安东·拉夫扮演，饰演女主角伊丽亚的是曾经的伙伴、著名长笛演奏家温德林的妻子多萝西娅（Dorothea），所以莫扎特得以在融洽的气氛中进行排练，没有遗憾地迎来了正式演出。

为了观看这场首演，利奥波德和南妮尔从萨尔茨堡赶到慕尼黑。首演大获成功。

"你弟弟果然是个了不起的歌剧作曲家。"

"是啊，妈妈要是能看到，一定会很高兴的。"

此后，歌剧又在2月份连续多次上演，慕尼黑有许多人观看了这部歌剧，反响非常好，选帝侯也很满意。公演结束后的3月，莫扎特一家三口前往利奥波德的故乡奥格斯堡，享受了与亲朋好友的重逢。

虽然好事不断，但我们不能忘了，莫扎特的假期只有6周。然而，此时距离他离开萨尔茨堡已经过去了4个月，也就是16周。

利奥波德凡事都小心谨慎，他之所以允许儿子做出如此大胆的举动，甚至自己也参与其中，是因为科罗莱多大主教不在萨尔茨堡。前一年11月29日，玛利亚·特蕾西亚女皇去世，为了出席一系列追悼活动，科罗莱多一直待在维也纳。

但是，利奥波德想得太简单了。即使不在萨尔茨堡，科罗莱多也知道莫扎特父子在干什么。他把对不在眼前的父子的愤怒发泄到了家臣们身上。

"沃尔夫冈连规定的工作时长都没达到，因为有人委托他创作歌剧，我才给他放了6周的假。他非但不懂得感恩，还我行我素地放肆了4个月，那小子是小看我了吗？他父亲也是不像话，岂有此理！"

"您说的是。"

"让他父亲马上回萨尔茨堡，那小子直接来维也纳。这里有几场我主办的音乐会，让他来弹琴。"

"好的，马上派人去办。"

3月12日，莫扎特接到科罗莱多的命令，前往维也纳。16日到达维也纳后，入住宿舍"德意志骑士团之馆"，当晚就开始在科罗莱多招待维也纳贵族的音乐会上演出。这是为了通过让贵族听钢琴名家沃尔夫冈·莫扎特的演奏，提升雇主科罗莱多的声誉。

"您麾下有这样的人才啊。他还是个孩子的时候，我在美泉宫就听过他的演奏，那时他已经非常优秀了。"

"过奖了，也没有那么厉害。不过，过世的女皇陛下也说过，能弹得这么好的演奏者，在全欧洲也很少见。"

"真是太让人羡慕了，要是我们那里能有个弹得有他一半好的人就好了。"

成了维也纳贵族羡慕的对象，科罗莱多感到非常满意。但莫扎特却愤愤不平，向远在萨尔茨堡的父亲表达了自己的不满。

"我只能和仆人坐在一张桌子上吃饭，不能随意去拜访认识的贵族。好不容易来到维也纳，我希望能见到约瑟夫二世陛下，请他听我演奏，如果他能委托我写歌剧就更好了，但我没有机会见到他。不久前，热情的图恩（Thun）伯爵夫人为我安排了一场皇帝可能会出席的慈善演奏会，但大主教不允许我去出演。"

如果能在这场音乐会中出演，应该能拿到很高的出场费。

4月8日晚上，在图恩伯爵夫人家举办的晚会上，莫扎特再次被邀请演出，但他没能去成。因为他必须在科罗莱多大主教在"德意志骑士团之馆"举办的音乐会上演奏。

莫扎特为这次音乐会创作了《小提琴与乐队回旋曲》、一首小提琴奏鸣曲，以及咏叹调《啊，向着这颗心》《上天把你带回我身边》。他匆匆忙忙地为独奏的同事——小提琴家布鲁内蒂写了分谱，自己则不看乐谱就进行了热情洋溢的演奏，大获好评，大主教却没怎么表扬他，也并未给他报酬。

他的忍耐在此时达到了极限。

他在给父亲的信中，写下了对科罗莱多大主教积郁已久的愤怒和怨恨。

我最亲爱的爸爸，您知道有谁参加了图恩伯爵夫人的宴会吗？是皇帝啊！是约瑟夫二世陛下啊！我没能让皇帝听我的演奏。不仅如此，据说皇帝给了当晚的演奏者每人250古尔登，我却错过了这个机会。都是因为那个坏心眼的大主教从中作梗……父亲，请您听我说，并回答我的问题。如果这样的情况继续下去，我的才能将在萨尔茨堡消耗殆尽。而如果能在维也纳自由活动，就能赚到很多钱。我该做决断了吗？

利奥波德大吃一惊。

——什么该不该做决断？做什么决断？意思是要背叛大主教、丢掉萨尔茨堡的职位吧？开玩笑也是有限度的，我历尽千辛万苦才让他复了职……

父亲拼命想让儿子打消这个念头。

就在这时，科罗莱多命令在维也纳的乐手们回乡，只要4月22日之前回去就无需个人承担旅费。因为科罗莱多还在维也纳，所以想留下来的人也可以留下，但是之后的住宿费、伙食费就得自理了。

听到这个消息，大家立刻收拾行李回了萨尔茨堡，莫扎特却满不在乎地留下来了。因为他有很多贵族朋友，所以吃住都不愁。

5月2日，他终于被赶出了"德意志骑士团之馆"，于是急忙带着行李敲响了位于彼得广场的"上帝之眼"住宅二楼一间屋子的门。

"欢迎光临，等您好久了。来来来，请进吧。房间已经为您准备好了，我的女儿们也会很高兴的。"

满面笑容地打开门的是谁呢？正是阿洛伊西亚的母亲锡西利亚·韦伯夫人。

曾经，莫扎特拜托曼海姆宫廷的男低音歌手兼抄谱员弗利多林·韦伯誊写乐谱，因听了韦伯的二女儿阿洛伊西亚唱歌，被她的才能所震惊，对她产生了兴趣。他人生的轨迹从此开始偏斜，但他自己完全没有意识到这一点。韦伯一家后来搬到慕尼黑，随后又搬到了维也纳。莫扎特在维也纳与韦伯一家重逢后，偶尔会到她们家拜访。

家中的男主人弗利多林在来到维也纳不久就去世了，而莫扎特心中的女神阿洛伊西亚已经在前一年10月与演员约瑟夫·兰格结婚，离开了家。

兰格是第一个在维也纳扮演莎士比亚戏剧中哈姆雷特一角的著名演员，同时也是一名才华横溢的画家。他留下的未完成油画《弹钢琴的莫扎特》以画中人深邃的表情让看过的人难以忘怀。

韦伯夫人精通人情世故，做事滴水不漏，她在大女儿约瑟法、三女儿康斯坦策、四女儿索菲三个女儿的帮助下经营着专门给单身男性留宿的出租屋。因为女人多，所以从做饭到洗衣、修补衣服都能搞定，房客们都很喜欢这里。当然，夫人的目的是要从房客中挑选看起来赚钱多的男人做女儿们的夫婿。夫人的企图，旁人都看得一清二楚，然而老好人莫扎特却似乎完全看不出来。

不管什么时候去拜访都会被热情接待，就像自己的家一样舒适。这种安逸感让莫扎特更加志得意满。

今天他之所以高高兴兴地住进了这个家，正是应了夫人那句"随时都可以搬到我家来"的邀请。

一周后的5月9日，他为了获得留在维也纳的正式许可而前往"德意志骑士团之馆"。然而科罗莱多大主教并未批准，而是让他立刻回萨尔茨堡去，还大骂了他一顿："我没见过像你这样傲慢的人。擅自无限延长假期不说，还生活得放浪形骸，在维也纳的贵族间肆意游荡。叫你回萨尔茨堡也不听。可耻的家伙！流氓！"

对大主教心怀不满的他也不甘示弱："这么说，殿下是对我不满意吗？"

《弹钢琴的莫扎特》(兰格绘,未完成)
绘于莫扎特在世时的少数肖像画之一

"你、你说什么？你还敢和我顶嘴！蠢货，蠢货！可耻的恶棍……你这种无药可救的家伙已经没有什么用了！"

大主教气得满脸通红，几乎都要冒烟了。他震怒于下属的反抗，用最恶毒的话语咒骂莫扎特。

以其人之道还治其人之身，莫扎特也恶言相向："你对我也没什么用了。"

"你竟敢这么对我说话！门在那里！滚出去！"

"我知道了。到此为止吧。明天我就把文件交给您。"

莫扎特踹开门就走了。之后莫扎特来递交辞呈时，宫务大臣卡尔·阿尔科（Karl Arco）伯爵劝他向大主教道歉，请大主教允许他继续留任，结果他又和人家吵了一架。这位宫务大臣是从莫扎特少年时代起就赞助他的老贵族阿尔科伯爵的儿子，受利奥波德之托，试图说好话让大主教原谅莫扎特，但莫扎特顽固的态度彻底激怒了他。

6月8日，与阿尔科伯爵的最后一次谈话破裂。莫扎特傲慢的态度和毫不妥协的样子激怒了伯爵，伯爵红着脸大叫："滚出去！"

他粗暴地把莫扎特赶了出去，也许是实在咽不下这口气，在这位音乐史上罕见的天才转身要走的时候，还从身后用鞋尖踢了他一脚。

CHAPTER 8 第八章

维也纳的宠儿

莫扎特在维也纳开始了独立生活，拥有了举办订购音乐会、授课费、作曲报酬三种稳定的收入来源，并与阿洛伊西亚的妹妹康斯坦策结婚了。在带着妻子回乡的时候，留在维也纳拜托给奶妈照顾的大儿子夭折了，这让他非常伤心。但他的生活总体很顺利，甚至还把利奥波德请到了维也纳。

就这样，沃尔夫冈·莫扎特主动放弃了年薪450古尔登的萨尔茨堡宫廷管风琴手职位，在音乐之都维也纳成为一个不为任何人服务的自由音乐家。

在音乐家地位低下、收入极不稳定的18世纪，几乎没有这样的先例。从事音乐工作的人无一例外都是宫廷人物或大贵族，又或者是在教堂工作，靠工资生活。但是莫扎特即使失去了固定收入，也丝毫不担心生活。

——这有什么，日子完全能过得下去呀。

他的收入来源有三个。一个是音乐会的盈利，一个是担任钢琴教师的授课费，还有一个是作曲的报酬。只要举办自作自演的音乐会能吸引大量听众，一个晚上就可以赚到巨额收入。这是来钱最快的方法。

把富贵人家的夫人或女儿收作徒弟，教她们弹琴，能收获高额的学费，这是不容错过的稳定收入。不过，作为音乐家，莫扎特最重视的还是第三种收入，也就是作曲的报酬，而且是他自认为拿手的歌剧创作。这不仅是收入来源，歌剧的成功还能提高他作为音乐家的地位，让世人赞叹，讨皇帝欢心。这样一来，宫廷的召唤也不是梦了。虽说他已经选择了没有主君、立场自由的音乐家道路，但如果能成为维也纳皇帝直属的宫廷作曲家或宫廷乐长，那就另当别论了。前一年，玛利亚·特蕾西亚女皇去世后，原本与母亲共同统治维也纳的约瑟夫二世成了独立的君主。13年前，他曾鼓励年少的莫扎特创作歌剧。那部歌剧《装痴作傻》由于维也纳歌剧界人士的恶意阻挠而未能上演，让年仅12岁的莫扎特流下了不甘的泪水，但他并没有忘记这位皇帝提议让自己创作歌剧的好意，一直希望有朝一日能在约瑟夫二世手下工作。

踏入维也纳的新天地后，莫扎特的梦想就是成为约瑟夫二世的宫廷作曲家或宫廷乐长。

恰在此时，热衷于振兴德语文化的约瑟夫二世决定将维也纳两个宫廷剧院——科恩特纳门剧院和城堡剧院中的后者作为专门上演德语歌剧和戏剧的剧院。剧院运营原本交由演出人负责，现在则由直属于皇帝的剧院经理负责。

有一天，剧院经理奥尔西尼-罗森堡伯爵对莫扎特说："我有话要对你说。"难不成是歌剧的委托？莫扎特心想。不不不，免得空欢喜一场，于是他让自己冷静下来听对方说。事情是这样的。

"莫扎特先生，正如您所知，皇帝陛下非常热衷于振兴德语文化。您要不要写一部德语歌剧？"

"皇帝陛下想得对，用德语也能写出不输给意大利的、值得一看的歌剧。我要使出浑身解数，写出一部皇帝陛下喜欢的德语歌剧。"

莫扎特高兴得难以言表。

他开始创作的歌剧叫《后宫诱逃》。

歌剧的原作是一位名叫布雷茨纳（Bretzner）的作家在前一年发表的德语戏剧，剧作家戈特利普·斯蒂芬尼（Gottlieb Stephanie）以此为基础创作了剧本。不过，斯蒂芬尼由于未经原作者同意就擅自改编原作，后来还遭到了布雷茨纳的强烈抗议。

言归正传，莫扎特从斯蒂芬尼那里收到剧本是在7月30日。

《后宫诱逃》是一个怎样的故事呢？剧名中的"后宫"，也就是后面的宫殿，是相对于处理国家政治工作的前殿而言的，是国王和统治者度过私人时间的宫殿。以日本德川时代为例，历代将军的正妻和侧室[1]以及众多女性居住的大奥就是这样的地方。

这部歌剧的故事发生在18世纪地中海沿岸的一个国家，国家的原型似乎是土耳其。地方长官塞利姆把从海盗那里买来的美丽女子康斯坦策和她的侍女布隆德安置在自己的后宫，

---

1 侧室：在实施一夫一妻制以前，有权力和财力的男性除了正式的妻子，被官方认可的妻子以外的配偶。

并让仆人奥斯敏监视。塞利姆深爱着康斯坦策,渴望她成为自己的所有物,但又不想鲁莽行事,所以等待她主动以身相许。与此同时,奥斯敏也想得到布隆德。

这时,西班牙贵族贝尔蒙特和仆人彼得利奥一起来寻找被海盗掳走的未婚妻康斯坦策,而彼得利奥与康斯坦策的侍女布隆德也是恋人关系。两人确信后宫一定囚禁着女性,于是千方百计找到各自的恋人,救出了她们,他们却因为奥斯敏的阻挠而被捕,差点被处刑。这时,知道一切的塞利姆宽宏大量地释放了四人,两对情侣平安地离开了后宫。

当时,维也纳有一位女高音歌唱家卡瓦列里(Cavalieri),一位能用柔美的声音轻松唱出高音域的男高音歌唱家亚当贝格(Adamberger),还有一位唱歌和表演都很出色、低音通透的男低音歌唱家费舍尔(Fischer),他们势头正盛。

莫扎特以这些著名歌手的嗓音特征、音域和歌唱技巧为基础,分别写了每个人的咏叹调,生动地刻画了每个角色的性格,并加入了效果很好的三重唱和四重唱,创作出了舞台效果满分的歌剧。

第二年即1782年的7月16日,该歌剧在城堡剧院举行的首演大获好评,不仅一个演出季里一共上演了15场,之后还在布拉格、华沙、波恩、法兰克福、曼海姆、莱比锡甚至萨尔茨堡上演,在每个城市都大受好评。

通过这次成功，莫扎特实现了成为维也纳著名歌剧作曲家的目标，更接近了成为约瑟夫二世的宫廷作曲家的理想。

这一年还发生了一件让莫扎特的人生锦上添花的事情。那就是他的婚事。

莫扎特与科罗莱多大主教分道扬镳后，就一直寄居在维也纳的韦伯家。但是，萨尔茨堡流传着这样的谣言：莫扎特被韦伯太太操纵了，被迫要娶那家的女儿。

利奥波德很是担心，寄来了一封斥责他的信："你别中了韦伯夫人的圈套。娶那样狡诈的一家人的女儿为妻，简直太荒唐了。别再磨磨蹭蹭待在那儿了，你得早点离开韦伯家。"莫扎特对父亲的担心一笑置之，满不在乎地回信说："我现在满脑子都是新的歌剧。如果说这一辈子我有哪个时期不考虑结婚这件事，那就是现在了。"然而，这时候他已经开始和韦伯家的三女儿康斯坦策交往。或许多少有些心虚，他暂时离开了韦伯家的住处，搬到了格拉本大街1175号的公寓。

12月的一天，他来到韦伯家，被韦伯夫人引荐给了一个自称是其女儿们监护人的人。他就是在剧院担任管理人的约翰·托尔瓦特（Johann Thorward）。

"你好像在和康斯坦策小姐交往，是真心的吗？"

"当然了。"他拍了拍胸脯。

这时，托尔瓦特拿出一张纸，说："如果是真心的，那么请在这里写下：我将在三年内与康斯坦策·韦伯小姐结婚。如果因为某些事情无法实现这个约定，我将每年向韦伯小姐支付300古尔登。"

不管怎么说，这个要求都太过分了，但莫扎特被对康斯坦策的狂热爱慕迷惑了双眼，为了体现自己的诚意，他按照对方的要求写下了字据，并签下了"沃尔夫冈·阿玛德·莫扎特"的名字，将纸张举到托尔瓦特面前："写好了，这样可以了吧？"他说着，把纸递给托瓦尔德。

监护人接过纸张，得意扬扬地说："现在有字据为证了，请一定要遵守约定。"

"当然！"

这时，里屋的门突然打开，康斯坦策哭着跑了出来。她从监护人手中夺过那张纸，当着目瞪口呆的莫扎特的面，"刺啦刺啦"地撕碎了。

"我不需要这种字据，因为我相信你。"

"斯坦策儿（康斯坦策的昵称），你是多么勇敢又可爱的女孩子！我一定会好好珍惜你的。"

"沃尔菲，我爱你。"康斯坦策扑向莫扎特，两个人紧紧拥抱在一起。

就这样，他完全陷入了韦伯母女和监护人设定的剧本。利奥波德听莫扎特把这件事当作康斯坦策的佳话告诉自己，

20岁的康斯坦策·莫扎特。结婚那年,她的姐夫(阿洛伊西亚的丈夫)、演员兼画家约瑟夫·兰格绘制的肖像画。

眼见儿子被韦伯母女耍得团团转,心里十分不甘,对两人的婚事很是反对。

对此,儿子在信中这样描述康斯坦策:"她是这一家的牺牲品,她心地善良,聪明伶俐,是最优秀的女儿。她不丑,但也算不上美女,不过,她有一双漆黑的小眼睛和苗条的身材。她很懂事,没有浪费的习惯,穿着朴素,而且很会打理家计,还有比她更优秀的妻子吗?"

彻底失望的父亲再也没有回信,而是以固执的沉默表示反对。

从莫扎特记事起,父亲就是这个世界上唯一绝对的存在,无论什么事都可以商量,而且每次都站在自己这边。可现在,父亲却像一堵墙,挡在决心要结婚的自己面前。

这让莫扎特痛苦得肝肠寸断。当初从巴黎被叫回家的时候,他尚能理解利奥波德是为自己着想,所以最终还是遵从了父亲的吩咐。但这一次,他对父亲感到了怨恨。

——为什么爸爸不明白我现在需要康斯坦策?为什么他不能承认康斯坦策的优点呢?

——我应该按照爸爸说的,放弃和康斯坦策结婚吗?

——不,我绝对做不到。康斯坦策是我自己看中的心爱之人。

经过一番激烈的心理斗争,离开了父亲羽翼的儿子决定按自己的想法迎娶这位与《后宫诱逃》女主角同名的新娘，婚礼于1782年8月4日在斯蒂芬教堂举行。

两人把新居安置在高桥地区387号的"红剑之家"，开启了和睦的生活。这对夫妇很喜欢狗，他们养了一只小狗，给它起了和莫扎特少年时代在萨尔茨堡养过的小狗一样的名字——"平佩斯"，不管走到哪里都带着它。

莫扎特的工作很顺利，给贵族夫人、小姐们上课的机会越来越多，自作自演的音乐会观众也增加了，收入比在科罗莱多大主教那儿工作时多得多。

"你看，斯坦策儿，咱们的日子多宽裕呀！你想买什么就买什么，不用客气，说出来就好。"

"你可真是个可靠的丈夫。既然这样，咱们就搬到更大的房子里去住吧。"

"好主意。"

12月，两人搬到了同样位于高桥地区42号一个带有大厨房的时髦住所，1783年新年后又再搬家，在4月份搬到了犹太人广场244号的"贝格之家"。这里是他住过最宽敞、最舒适的地方。

6月17日，康斯坦策在这里生下了第一个孩子。那是个很健康的男孩。他们的朋友莱蒙德·韦茨勒（Raimund

19世纪初的斯蒂芬大教堂　　　　　现在的斯蒂芬大教堂

Wetzlar）男爵结合了自己和莫扎特父亲的名字，给孩子命名为莱蒙德·利奥波德。

——不赞成我们结婚的爸爸，如果知道有了和自己同名的孙子，一定会祝福我们的婚事和这个孩子的出生吧。希望他能赞扬一下我那为莫扎特家生下继承人的妻子。

怀着这样的心情，莫扎特给父亲写了一封信："我最爱的父亲，恭喜您，您已经当爷爷了。昨天早上，我亲爱的妻子顺利生下了一个白白胖胖的男孩。"

莫扎特一直在寻找与父亲和解的机会，他认为长子的出生正是一个好时机。不过，他激怒了科罗莱多大主教，还辞了职，如果贸然返回萨尔茨堡，恐怕会以不忠之罪被逮捕。莫扎特最害怕这一点。但是仔细打听后，他发现并不需要担心，于是决定带着妻子回乡。

"我们一起回萨尔茨堡吧，爸爸和姐姐都会很高兴的。"

"你一个人去吧，反正他们也不喜欢我。"

"不，不会的。你已经生下了继承人，爸爸也会认可你的。我想让他们看看我可爱的妻子。"

"可是，小宝宝还不能坐马车旅行。"

确实，让刚出生的婴儿长时间坐在剧烈摇晃的马车上并不妥当。

"把他交给奶妈就行了,只要咱们好好感谢她,她会用心照顾的。"

7月下旬,夫妇俩把出生还不到一个半月的大儿子送到奶妈那里后,便回到了萨尔茨堡的家。莫扎特上一次见到父亲和姐姐,还是两年前的春天,当时两人来看了莫扎特在慕尼黑上演的歌剧《克里特王伊多梅尼奥》。那时,莫扎特被在维也纳的科罗莱多大主教急匆匆地叫走,一家人甚至来不及好好告别。

现在,两年零四个月过去了。在此期间,莫扎特在维也纳过着不为任何人服务的独立音乐家生活,还结了婚,现在已经是一个孩子的父亲。

利奥波德回到萨尔茨堡后,已经没有任何野心,平凡而踏实地过着侍奉宫廷的生活。姐姐南妮尔曾以天才少女的身份在各大宫廷备受推崇,如今也已经32岁,她一边认真地给几个徒弟上钢琴课,一边扮演着家庭主妇的角色。

"爸爸,姐姐,好久不见,这是我的妻子康斯坦策,她为我生了一个可爱的孩子。"

"爸爸,姐姐,初次见面,我叫康斯坦策,请多关照。"

"嗯,孩子呢?"

"其实我们是想带他来的,但他还不能坐马车,不过还好,有人帮我们照顾他。"

"你多大了？"

"21岁。"

他们寒暄了几句，之后就没什么话题了，完全聊不起来。

莫扎特为这次回乡创作了《c小调弥撒》，打算献给圣彼得修道院的附属教堂。尽管全曲还没有完成，但在10月26日邀请萨尔茨堡宫廷乐团成员进行了演出，首演了其中《慈悲经》《荣耀经》《圣哉经》三个部分。担任女高音独唱的就是康斯坦策。

阿洛伊西亚是一位出色的女高音歌唱家，但康斯坦策并没有像姐姐一样接受过专业的声乐教育。但是，莫扎特为了让父亲和姐姐认可康斯坦策，倾尽全力教妻子唱歌，让她在舞台上大展身手。

第二天，两人从萨尔茨堡出发。途中，顺道去了多瑙河沿岸的城市林茨。为了这座城市的音乐会，莫扎特花了四五天写出了一首交响曲并进行首次公演，令林茨的人们非常高兴。以前他在巴黎时写的《第三十一交响曲》有《巴黎》的别称，这首《第三十六交响曲》则被称为《林茨》。

这两首曲子和三年后的第三十八号作品《布拉格》都以地名为别称，是他的交响曲名作。

因为中途绕了路，回到维也纳时，已经过去近四个月，到了11月底。

两人在初冬的冷风中打了个寒战，先去了照顾莱蒙德的奶妈家。

"赶紧的，莱蒙德等得不耐烦了吧。"

"应该长大很多了吧，要是忘了我就不好了。"

"没事的！只要我们好好疼爱他，马上又亲近起来了。毕竟我们是父母嘛。"

然而到了奶妈那里，她却支支吾吾的。

"对……对不起，小少爷其实已经死了。他发生了严重的痉挛，一直大哭，我叫了医生，但没能救回来。"

"你说什么？什么时候的事？"

"8月19日。"

那是两人刚刚离开三周的时候，宝宝患上了肠梗阻。

"为什么不告诉我们呢？"

"就算告诉了你们也赶不上葬礼，我也没想到你们会回来得这么晚。"

"我们竟然什么都不知道。所以我说不想去萨尔茨堡的啊……"

"斯坦策儿……"

康斯坦策当场哭了起来，莫扎特甚至找不到安慰妻子的话。

第二年的1月23日，也许是为了忘却丧子之痛，莫扎特夫妇离开犹太人广场，搬到了新的住处。

这次他们的新居是格拉本大街特拉特纳公馆的四楼。这里是出版行业的约翰·托马斯·冯·特拉特纳建造的一座大楼，特拉特纳本人也在这里拥有住所和店铺，还为许多单位和个人提供房间。更巧的是，二楼还设有适合演奏的音乐厅。对于以举办订购音乐会为重要收入来源的莫扎特来说，没有比这更方便的住处了。

房租很贵，半年75古尔登，但特拉特纳笑着对他说："给你打九折吧，因为我妻子一直受你照顾。"特拉特纳的妻子特蕾泽是莫扎特钢琴课的学生。

2月，搬家告一段落，莫扎特开始制作自己作品的一览表。他在大号笔记本的左页写下作品的标题、乐器组成、作曲日期、委托人姓名等信息，右页则写下这首曲子的前四小节。

"你看，斯坦策儿，我做了这样的目录表。有了这个，随时都可以找出需要的作品。"

"好主意啊。曲子越来越多，不这样做的话，音乐会的时候都不知道表演的是哪首了。"

"是啊。好了，下个月我们就开订购音乐会吧。"

3月17日、24日、31日，莫扎特在特拉特纳公馆二楼大厅举办了三场订购音乐会。订购音乐会是当时最常见的揽客方法，需要事先告诉朋友们自己将举办这样的音乐会，让想来的人报名，如果能凑到合算的人数就开办。

自从住到维也纳以来，他总是用这种方式举办音乐会。后来渐渐固定下来，朋友们一个邀请一个，3月17日的音乐会就有多达174人申请参加。这种音乐会的观众特别多。而且，观众几乎都是维也纳的名门贵族和知名人士。

"我最爱的父亲，这次我的订购音乐会将有174名观众到场。有加利钦公爵、埃斯特尔哈齐侯爵、齐希伯爵、帕尔菲伯爵……"

莫扎特高兴之余，甚至把所有客人的名字抄在信上，向父亲炫耀。这次订购音乐会是他最成功的一场。

在这样的订购音乐会上，最吸引人的节目就是他自作自演的钢琴协奏曲。因此，他每次音乐会都会创作好几首协奏曲。1784年是他创作协奏曲最多的一年，共创作了从《降E大调第十四钢琴协奏曲》（K.449）到《F大调第十九钢琴协奏曲》（K.459）6首曲子。

5月27日，莫扎特走在街上，在一家花鸟店门前停下脚步，因为里面传来了格外动听的啼鸣声。走进去一看，原来那叫声来自一只椋鸟。

——原来是你啊。刚才那首歌……

他向店主询问道："多少钱？"

"34克罗采。"

那是他钢琴课授课费的四分之一。他把这笔支出记在了当天的账本上,"多么美丽啊!"(Das war schön!)。与此同时,他还写上了上个月创作的《G 大调第十七钢琴协奏曲》(K.453)第三乐章的主题。

他从椋鸟的鸣叫声中获得了协奏曲主题的创作灵感。

这只椋鸟后来又活了三年多,每天都给莫扎特带来欢乐。

这一年,南妮尔结婚,莫扎特的二儿子出生,可谓喜事连连。

8 月 23 日,南妮尔成了萨尔茨堡近郊村庄圣吉尔根的地方管理官贝希托尔德·楚·索南博格的妻子。新郎比新娘大 15 岁,今年 48 岁,此前两度丧偶,但为人正直,家世优渥,是当地的低等贵族。

利奥波德写信告诉莫扎特,莫扎特立刻写了一封诚挚的祝福信。然后他对康斯坦策说:"姐姐很老实,从小就绝对不会违抗父亲的命令。"

"什么意思?"

"我在想,姐姐是不是也有过心仪的人。但是,父亲却选择了那个人。一定是这样的,对方是个有权势的官员,地位也不低。而且圣吉尔根是我们已逝的母亲的故乡。"

"这样啊。不过,这也挺好的嘛。你父亲一定也很舍不得吧？咱们家马上就会热闹起来的。"康斯坦策说着，轻轻摸了摸肚子。

9月21日，仿佛是夭折的莱蒙德转世一样，一个男孩降生了。房东托马斯·冯·特拉特纳为他取名为卡尔·托马斯。

以卡尔·托马斯的出生为契机，两人从特拉特纳公馆搬到了位于格罗斯舒勒大街846号的豪华住所，就在维也纳地标斯蒂芬大教堂的旁边。

"这次一定要好好把孩子养大。"

"当然了，我会好好照顾他的。"

"从今年冬天的演出季开始，我们在梅格鲁伯大厅举办订购音乐会。"

梅格鲁伯大厅原本是维也纳存放小麦和谷类的仓库，也是市里集会用的场所。莫扎特计划在第二年2月开始的音乐会季中，每周五在这个地方举办订购音乐会，并打算在音乐会期间邀请父亲到维也纳，让他看看自己工作顺利的样子。

"我最爱的父亲，2月11日我的音乐会就要开始了，请您一定要来维也纳。如果不快点来，就赶不上首演了。"

读了儿子的信后，利奥波德带着弟子海因里希·马尔尚于1785年1月28日上午7点乘坐马车从萨尔茨堡出发，途中在慕尼黑停留了几天，接着经历了马车被大雪困住、本人也被雪埋了大半个身子的艰难旅程，终于在2月11日下午1点，抵达了格罗斯舒勒大街846号儿子的住处。

一踏进房间，利奥波德就瞪大了眼睛。

——你住在这么豪华宽敞的房子里吗？

莫扎特一家从去年9月开始住进这个房子，这里有宽敞的客厅兼音乐室、作曲用的书房、卧室、客房、两个备用房间、厨房、食品库、酒窖，甚至还有柴火储藏室。

莫扎特在维也纳的10年间，从寄居韦伯家算起，一共搬了13次家，这是其中最豪华的一个住处，他在人气和收入鼎盛的时期在此居住了2年半。第二年，他这里创作了歌剧《费加罗的婚礼》，因此这里现在被称为"费加罗之家"。

当利奥波德听儿子说这间房子一年的房租是460古尔登时，他再次大吃一惊，一时说不出话来。对于节俭的他来说，这是一笔让他晕眩的巨额资金。他在萨尔茨堡居住的"舞蹈教师之家"一年的房租是90古尔登，儿子的房租是自己的五倍之多。而且，儿子还若无其事地说："不住在这种程度的房子里，是无法让身份尊贵的人来访的。"

——话虽如此，但这么奢侈真的没问题吗？这孩子有那么多收入吗？

当天晚上，利奥波德去听了儿子在梅格鲁伯大厅举行的订购音乐会，他的担心一扫而空。

——哦，观众有150人，大家都是衣冠楚楚的名士。据说入场券是六场通票，每人13古尔登，总收入大概1900古尔登。这里是市营的场地，所以租金很便宜。再减去其他的经费，手头也还能剩下三分之二以上。

不过比起计算这些，更让利奥波德高兴的是，儿子弹奏着独立创作的钢琴协奏曲，赢得了全场的喝彩。

在此次音乐会上，莫扎特还首次演奏了他的第一首以小调创作的曲子：《d小调第二十钢琴协奏曲》。

这首曲子与他以往的钢琴协奏曲明显不同，极具艺术性，在激烈的节奏中展现阴暗而颇具戏剧性的主题。第二乐章画风一转，又变成了甜美温柔的音乐。当时的钢琴协奏曲一般以令人听起来轻松愉快为目的而创作，莫扎特此前的创作也是如此，而这首协奏曲充满真挚感情，写法辛辣，可谓是横空出世的杰作。

此后，利奥波德继续参加了2月13日和25日，3月4日、11日、18日的一系列订购音乐会，还参加了在城堡剧院举行的慈善音乐会和在自家举行的私人音乐会等所有演出。

值得一提的是，在他抵达后的第二天晚上，也就是2月12日举行的音乐会中发生了这样一幕，见证了利奥波德一直以来的辛苦终于得到了回报。那场音乐会是为著名的大作曲家约瑟夫·海顿（Joseph Haydn）特别举办的，演奏了莫扎特为海顿写的六首弦乐四重奏中的后三首，海顿听完非常感动，他紧紧握住利奥波德的手,说了这样一番话。

"作为一个诚实的人,我向上帝发誓,您的儿子是我所知道的人里名副其实最伟大的作曲家。他完全掌握了创作歌曲的方法,拥有无比渊博的作曲知识。"

4月25日,利奥波德带着这最高级别的赞美,和他的弟子马尔尚返回萨尔茨堡。莫扎特为他送行,陪着他一直到了距离维也纳大约10千米的普克斯多夫。

"爸爸,保重身体。"

"好,你也是。"

"代我向姐姐问好。"

"好的。你在维也纳这么受欢迎,我会详细地说给她听。她也会很高兴的。不过,人都是喜新厌旧的,你不能指望现在的人气和收入能永远持续下去。为了将来打算,平时就要节俭地生活。不要收入了多少就花多少,有富余的时候就存进银行吧。"

"我会的。"莫扎特老实地点了点头,但他终究是听不进去的。

也许是出于长久受制于父亲的节俭主义而产生的逆反心理,自从离开父亲,在维也纳开始独立音乐家生活以来,只要钱一到手,莫扎特就会在豪华的住房、时尚的衣物、美味的饭菜和娱乐享受上花得一干二净。这并不是因为他是个挥霍无度的人，而是因为，通过把劳动所得全部用在自己喜欢的居住环境和精神享受上，他就能够获得新的艺术灵感和旺盛的创作欲望。

把钱存进银行对父亲利奥波德来说很合适，但根本不像莫扎特的做派。正因为他从不考虑这些问题，才能让美丽而芬芳的音乐之花如此盛放。

"爸爸，下次也请带姐姐来维也纳吧。"

"好啊。"利奥波德微笑着说。但是，他再也没有来过维也纳。在这两个半月的时间里，莫扎特向父亲展示了自己鼎盛时期的活跃表现，这也成了他最后一次孝顺父亲。

CHAPTER 9 第九章 《费加罗的婚礼》与《唐·乔万尼》

莫扎特最想写的是歌剧。与才华横溢的剧本作家达·彭特（Da Ponte）的邂逅，催生了《费加罗的婚礼》和《唐·乔万尼》两大杰作。但是，专心于歌剧的时候他不能做其他工作，收入也因此停滞。随着社会大变动和经济混乱的加剧，他很快陷入了财政危机。

送走父亲后不久，莫扎特开始筹划新歌剧。

城堡剧院的剧场导演奥尔西尼－罗森堡伯爵委托他用意大利语剧本创作歌剧。

在热衷于振兴艺术文化的君主约瑟夫二世的支持下，直属于宫廷的城堡剧院成为专门进行德语歌剧和戏剧演出的场所，莫扎特的德语歌剧《后宫诱逃》在这里上演，也不过是三年前的事情。然而，方针很快发生了转变，意大利语歌剧又在城堡剧院复活了。这是因为，虽然《后宫诱逃》大获成功，但其他作曲家的德语歌剧和戏剧大多是法国、意大利作品的翻版，既缺乏新鲜感，也没有趣味性，观众不满的声音逐渐高涨。

——还是想看优雅的意大利语歌剧啊。

就是在这样的呼声下，剧院开始计划创作新的意大利语歌剧。莫扎特欣然接受了委托，一有时间就四处搜寻好剧本。但是，他读了一百多部作品都没能遇到满意的。

终于，法国剧作家博马舍（Beaumarchais）1784年在巴黎首演的舞台剧《费加罗的婚礼》入了他的法眼。这个作品讲述的是处于仆人地位的主人公蔑视贵族雇主的故事。它颠覆了主流的身份秩序，讽刺了传统社会，因此在法国首演后就遭到了禁演。

——就是这样才有趣呢。

莫扎特巧妙地进行修改，淡化政治色彩，写出了大量优美的音乐，希望打造出一部充满魅力的歌剧。

实际上，《费加罗的婚礼》还有一部姊妹作《塞维利亚的理发师》，相当于其"前传"。意大利作曲家帕伊谢洛（Paisiello）几年前将《塞维利亚的理发师》改编成歌剧，也在维也纳大获成功。莫扎特深知这一点，他认为，这种人气故事的后传，大家一定会想看。

——好，就这样吧。把法语舞台剧《费加罗的婚礼》改编成意大利语歌剧！

他把剧本委托给约瑟夫二世喜爱的意大利语剧本作家洛伦佐·达·彭特。达·彭特来自意大利，他被约瑟夫二世看中，提拔为宫廷诗人，现在是维也纳最受欢迎的剧作家。达·彭特还为宫廷作曲家萨列里[1]和西班牙人气歌剧作曲家马丁·伊·索勒尔（Martín y Soler）提供剧本。虽然忙得晕头转向，他还是对莫扎特的委托表现出了兴趣。

"《费加罗的婚礼》吗？你这是发现了一部好作品啊，

---

[1] 萨列里：安东尼奥·萨列里（Antonio Salieri，1750—1825），出生于意大利，活跃于维也纳宫廷的作曲家。当时在维也纳极受欢迎。

确实很有趣。不过，这部作品在法国被禁演，在维也纳也被视为问题作品，应该很难上演。"

"正因为如此，我才来拜托你的。能不能把有问题的地方删去或模糊处理，写出能通过审查的剧本？而且还得有趣。如果无趣，就什么意义也没有了。"

"好啊。我一定写一个大受欢迎的剧本给你看。"

"问题在于台词吧，不能说出会被解读为批判政治的话。可是，如果去掉主要内容，故事就会变得很无聊。拜托您创作成既略带讽刺，又能让人捧腹大笑的剧本。"

"交给我吧。只要不那么露骨地批评上面就可以了。"

达·彭特巧妙地改编好剧本后，以流利的口才说服约瑟夫二世，成功获得了演出许可。

——好啦，接下来我要配上让观众入迷的美妙音乐。

接到剧本后，莫扎特干劲十足，从10月开始作曲。

歌剧由四幕组成。开幕时要加上序曲。

莫扎特写的序曲是从弦乐器的快速弱奏开始的轻快曲子，这是在模仿剧场幕布升起后仍在观众席上不停窃窃私语的上流社会太太们的说话方式。好了好了，歌剧要开始了，别再窃窃私语了。他巧妙地用音乐表达了这一带有讽刺意味的警告。

故事发生在18世纪西班牙城市塞维利亚近郊的阿尔马维瓦伯爵宅邸。伯爵的仆人费加罗以前是塞维利亚镇的理发师，因促成阿尔马维瓦伯爵的爱情有功，被伯爵收留。他即将与伯爵夫人罗西娜的侍女苏珊娜结婚。另一边，经历过热烈的相恋并与美丽的罗西娜结了婚的伯爵，对妻子的感情已经淡薄。他一直在寻找机会，想把侍女苏珊娜变成自己的秘密情人。感到丈夫的心离自己越来越远的罗西娜夫人伤心不已，当她得知丈夫盯上了苏珊娜后大吃一惊，与费加罗、苏珊娜组成了统一战线，参与到了教训伯爵的斗争中。

在这个过程中，还巧妙地穿插了各种各样的情节，比如强行要与费加罗结婚的女佣马采里娜和对费加罗心怀怨恨的医生巴尔托洛，居然是费加罗的父母，亲子相认，分外吃惊；又如伯爵家的少年仆人凯鲁比诺爱上了罗西娜夫人，引发一场闹剧，惹得观众捧腹大笑。最后，伯爵夫妇重新找回了爱情，费加罗和苏珊娜、巴尔托洛和马采里娜两对情侣也获得了幸福。

莫扎特绞尽脑汁创作的这部歌剧，于1786年5月1日在城堡剧院首演。虽然演出前也遭到了反对派的阻挠，但作曲家和演员们齐心协力克服了这些障碍，顺利完成了首演。此后歌剧不断再演，这一年包括首演在内一共上演了9次。

莫扎特收到了450古尔登的作曲费。

这是一笔令人高兴的收入，但在作曲的7个多月里，由于精力完全集中在歌剧上，莫扎特既没有举行音乐会，也没有接受大作品的委托,其间收入锐减。莫扎特夫妇虽然心里很清楚这一点,却还是像以前那样大手大脚地花钱。终于有一天,他们发现钱已经所剩无几了。

尽管如此,两人也没有把事情想得太严重。他们坚信只要开一场订购音乐会,家计就能一下子回到往常的水平。于是,莫扎特从乐谱出版社预支了一笔出版费,以解燃眉之急。只要《费加罗的婚礼》继续上演,莫扎特的名气会更上一层楼,订购音乐会的观众也会越来越多,很快就又会有大量现金涌入,相信这点债务很快就能还清……

但是,这一年在城堡剧院,帕伊谢洛的《特奥多罗王》上演了11次,萨列里的《特洛夫尼奥的洞穴》上演了13次。相比之下,《费加罗的婚礼》只上演了9次,绝对不算多。而且,下一年的演出预定名单里没有这部剧。

——如果之后不能再演,那可就糟了!必须让《费加罗的婚礼》更有知名度。

就在莫扎特心神不宁的时候,扮演苏珊娜的英国女高音南希·斯托雷斯(Nancy Storace)对他说:"如果可以的话,请您和我们一起去英国,在伦敦上演《费加罗的婚礼》吧!伦敦人很喜欢歌剧,我们认识的人也很多,一定能大获成功的。"

她和作曲家哥哥斯蒂芬以及两人的音乐伙伴明年初要回英国,问莫扎特是否愿意一起前往。22年前,8岁的莫扎特在英国受到了极大的欢迎。回想起当时的辉煌,他立刻有了想法。

——好,就让我带着《费加罗的婚礼》穿过多佛海峡吧。我也想让心爱的斯坦策儿看看那个国家。但是,等等,家里还有2岁的二儿子卡尔·托马斯和10月18日刚刚出生的三儿子约翰·托马斯·利奥波德。孩子们该怎么办?

哎,真伤脑筋。爸爸能不能帮我照顾一下?

他抱着这样天真的想法,给远在萨尔茨堡的利奥波德写了一封信,希望能在自己去英国旅行的时候把儿子们托付给他。利奥波德对他的鲁莽计划很是震惊,断然拒绝了。更可悲的是,在收到这封拒绝信之前,刚出生一个月的三儿子就夭折了。

去英国的事就此搁浅,但另一个意想不到的旅行机会却来了。12月,《费加罗的婚礼》在波希米亚首都布拉格上演,大受好评。因为1月还将继续上演,于是布拉格的赞助人帕斯库瓦莱·邦迪尼(Pasquale Bondini)和音乐爱好者们邀请了这对作曲家夫妇。

"太好了,斯坦策儿!虽然我们没去成伦敦,但布拉格在召唤我们呢。这样我就可以和你一起去旅行了。"

1787年1月8日,莫扎特夫妇带着好朋友们——小提琴家弗朗茨·霍弗(Franz Hofer)和单簧管演奏家安东·施塔德勒(Anton Stadler)从维也纳出发,三天后抵达布拉格。2岁的二儿子与奶妈留在维也纳。

《费加罗的婚礼》在布拉格的受欢迎程度远远超过了传闻,城里的话题都围绕着这部歌剧。在舞会上,《费加罗的婚礼》中一些音乐被改编成跳舞用的音乐,人们跟着跳舞。报纸上也大篇幅刊登了人气歌剧作曲家夫妇来访的报道。

莫扎特一行人于17日出席了国立剧院的演出,被震耳欲聋的欢呼声包围。19日,也是在这个会场,莫扎特作品的公开演奏会举行。他演奏了从维也纳带来的《D大调第三十八交响曲"布拉格"》(K.504)和即兴曲目。他以《费加罗的婚礼》中主角欢快的咏叹调《你这多情的花蝴蝶》作为即兴表演的主题,令全场沸腾。22日,他还亲自担任了《费加罗的婚礼》的指挥。

多亏了这些演出,他在布拉格逗留不到一个月的时间里就赚到了1000多古尔登。更让他高兴的是,掌管布拉格剧院的帕斯库瓦莱·邦迪尼对他说:"今年秋季演出的新歌剧能不能委托您创作?作曲费500古尔登怎么样?"

这正是莫扎特最想听到的话。

一行人回到维也纳,是在2月12日左右。

——好了,开始写委托的歌剧吧。

莫扎特迈着飞一般的步伐前去拜访为他写《费加罗的婚礼》剧本的洛伦佐·达·彭特,告诉他在布拉格接到了创作下一部歌剧的委托。当红的达·彭特此时正在创作两部歌剧剧本，分别是为萨里埃利创作的《塔拉里》和为马丁·伊·索勒尔创作的《狄安娜的树》。虽然莫扎特一眼就看出达·彭特很忙碌，但还是热情地说服了他。

"正因为你写的《费加罗的婚礼》大获成功，我才收到了新的委托。这只能拜托你了。"

"既然您这么说，那我就不能拒绝了。演出在10月开始，算来已经没有多少时间了，不过我想办法试试看。"

精通意大利歌剧的达·彭特看中了2月5日刚刚在威尼斯首演、由乔万尼·贝尔塔蒂（Giovanni Bertati）编剧、朱塞佩·加扎尼加（Giuseppe Gazzaniga）作曲的《唐·乔万尼》，打算用这个题材创作一个完全不同的剧本，他问莫扎特意下如何。

"玩弄了许多女子的唐·乔万尼最后受到了上天的惩罚，被自己亲手杀死的骑士团长的鬼魂拖进地狱的故事。听起来太有趣了，拜托你了。"

莫扎特一边等待剧本完成一边构思作曲。3月下旬，从萨尔茨堡传来了利奥波德病倒的消息。

9年前，莫扎特独自在巴黎为最爱的母亲送终，从那时起，他就进入了这样一种积极面对死亡的思想境地：人总有一天会走向死亡，这并不是令人害怕的事，反而是一种救赎，无论何时发生在谁身上都很正常。他慎重地斟酌词句，给父亲写了一封慰问信，表达了自己的想法。

"死亡是人生的最终目标，这几年来，我已经完全熟悉了这个人类最好的朋友。于是，不知不觉间，死亡对我来说一点也不可怕了，不仅如此，还成了一种莫大的放松和慰藉！而且，我们还要感谢上帝给予我们机会，让我们知道，死亡才是我们真正通往幸福的钥匙（您明白我的意思吗？）。我（尽管还年轻）没有一天不是抱着这样的想法入眠的：也许明天我就不在这个世界上了。"

就在莫扎特写下这封著名的信的时候，一个衣着邋遢的少年到访了莫扎特在维也纳的家。

"我想和莫扎特老师见面，所以从波恩过来了。能帮我引见一下吗？"

接待他的徒弟吃了一惊。

"您说从波恩来，那真是千里迢迢啊。"

波恩位于维也纳的西北方向，两地距离大约 730 千米。这位千里迢迢到访的少年，名叫路德维希·凡·贝多芬，年仅 16 岁。不巧的是，他没能见到埋头创作《唐·乔万尼》的莫扎特。但也有传闻，说莫扎特听了他弹奏钢琴，深受感动。

虽然真实的情况已无法知晓，但这就是莫扎特和贝多芬唯一一次接近，甚至不能称之为相遇。

实际上，当时的莫扎特根本没有时间与不请自来的访客见面，他一边担心着利奥波德的病情，一边继续着《唐·乔万尼》的作曲。

前一年他创作《费加罗的婚礼》时也是如此，一旦开始创作歌剧，订购音乐会和授课的收入就会明显减少。从《费加罗的婚礼》中获得的450古尔登的作曲费，也被用于抵偿从出版社预支的债务，以及支撑他们不加约束的生活花费，一转眼已是所剩无几。花钱大手大脚的莫扎特终于也意识到房租实在太高，4月24日，他从诞生了《费加罗的婚礼》的格罗斯舒勒大街的家搬到了郊外的兰德大街224号。这里位于维也纳市外，所以房租很便宜。

5月28日，利奥波德在萨尔茨堡去世，享年67岁。

被《唐·乔万尼》束缚的莫扎特没能赶到葬礼现场，但与自己人生最密切的父亲的死给他带来的冲击是无法估量的。在他的脑海中，浮现出的尽是自己让父亲担心、悲伤、焦躁、愤怒和绝望的回忆。

闭上眼睛，莫扎特总是能看见利奥波德从远处悲伤地注视着他，似乎想要告诫什么，却欲言又止。不知不觉间，这个身影与他正在创作的歌剧《唐·乔万尼》中老骑士团长的形象重叠在了一起。

骑士团长为了保护女儿不落入唐·乔万尼的魔掌而被杀死。他变成石像出现在唐·乔万尼面前，逼迫他悔改。然而，

第九章 《费加罗的婚礼》与《唐·乔万尼》 211

唐·乔万尼与骑士团长

亚历山大·埃瓦里斯特·弗拉戈纳尔（Alexandre Evariste Fragonard）绘制，约 1830 年

唐·乔万尼并不认为自己的生活方式有何不妥，他反驳道："我不要，有什么好悔改的。"于是被骑士团长拖入了地狱。

不听父亲的忠告，一心幻想着与阿洛伊西亚去意大利，错失了正经的就业机会。明明父亲吩咐要好好照顾母亲，自己却只顾忙碌，最终导致母亲离世。被劝说要忍耐宫廷工作，却无法控制自己，和主君大吵一架，让父亲颜面扫地。无视父亲的警告，与父亲最讨厌的韦伯夫人的女儿结婚。还曾经大摇大摆地住在房租昂贵得让父亲惊愕万分的房子里，让父亲担心自己家计不支……

这样的自己不就是唐·乔万尼吗？

——啊，爸爸！您还在世的时候，我就应该多听您的话。

他在给朋友的信中吐露了自己痛苦的心情："请体察我的感受。"

10月1日，为了《唐·乔万尼》的首演，莫扎特再次带着康斯坦策从维也纳出发，于4日抵达布拉格。

虽然他从春天以来一直在作曲，但这个时候完成的只有大约三分之二，无论是代表歌剧整体形象的序曲，还是故事结局即第二幕的收尾，都还完全处于空白状态。

这部新歌剧的首演日原定于10月14日，但由于种种原因延期到29日。这次延期，对莫扎特来说简直是上天的恩赐，他充分利用这15天，集中全力完成歌剧。

但是，到了首演日的前一天晚上，序曲还没有完成。

——没关系，只要一个晚上就能写出来。

他鼓励着自己，无奈连日的疲劳让睡意逐渐袭来。

——睡着就完了。

"沃尔菲，喝点甜口的饮料怎么样？可以消除疲劳哦。"

过了一会儿，康斯坦策来看丈夫的情况，只见他摇摇晃晃打着盹。

"谢谢你，斯坦策儿。好，我要加油了。"

康斯坦策立刻递上饮料。

"沃尔菲，你是个好孩子，一定要睁大眼睛了。我给你讲个有趣的故事，你仔细听。"

就这样，在康斯坦策的鼓励下，他面对着五线谱，直到东方的天空泛白，第二天早上，总算把草稿交给了抄谱员。

努力没有白费，29日的首演取得了毫无争议的巨大成功。

"太好了，斯坦策儿！多亏了你。"

"太好啦，你真是个天才。"

莫扎特与妻子紧紧相拥，品尝着成功的喜悦，但他最希望能为此高兴的另一个人——利奥波德，却没能看到这次精彩演出，想到这里，他的心情又变得灰暗起来。

11月16日，莫扎特夫妇回到维也纳。有了《唐·乔万尼》

的作曲费，他们手头稍微宽裕了一些，在12月初从郊外再次搬到了市中心。这次的家在恩特登图克劳本28号，舒尔特巷的拐角处。

12月7日，宫中传来了喜讯，莫扎特被任命为约瑟夫二世的宫廷作曲家，年薪800古尔登。这是因为维也纳音乐界元老威利巴尔德·格鲁克（Willibald Gluck）在11月15日去世，莫扎特填补了他的位置。

格鲁克是特别受皇帝尊敬的维也纳音乐界泰斗，虽然同为宫廷作曲家，但他担任的是独一无二的特别荣誉职位。因此，他的年薪包括慰劳金在内，高达2000古尔登。莫扎特只不过是个年轻人，没有格鲁克那样多年的贡献，也还没有资格领取慰劳金，所以年薪是800古尔登。但是，这工资绝对不低。就连约瑟夫二世最喜欢的意大利音乐家、从1774年开始担任宫廷作曲家的安东尼奥·萨列里，即使他还兼任其他职务，拿到手的工资也不及莫扎特，如果仅作为宫廷作曲家的话，他的年薪也还不到500古尔登。

宫廷作曲家的工作内容只有为年末和年初在两个宫廷舞蹈会场举办的宫廷舞会创作几首舞曲，此外的时间都可以自由接受其他方面的委托，也可以出去旅行。也就是说，这里的束缚很少，能保证不错的年薪，还能受到人们的极大尊重。

期待已久的荣誉终于到来，莫扎特非常高兴。

"这7年没有白等。现在终于不管去到哪里都可以自称是维也纳的宫廷作曲家了。"

同月27日，康斯坦策生下了第四个孩子。这是莫扎特夫妇的第一个女孩，取名为特蕾西娅·康斯坦齐亚（Theresia Constanzia）。但遗憾的是，这个孩子也很短命，第二年6月29日就结束了仅有半年的生命。

1788年初，奥地利也参与到了俄国与土耳其的长期战争中。无论哪个时代、哪个国家都一样，一旦战争爆发，就必须大量运送粮食和物资，粮食进口也会受到严格限制。此时的维也纳也不例外。很快，市民们就面临食物短缺、物价飞涨等困境。此外，为了筹措庞大的战争费用，税额大幅上涨，甚至连之前不在征税范围内的物品也被列为征税对象。

莫扎特一家虽然收入很高，但开支毫不吝啬，他们的家计受到了巨大的打击。为了获取收入，他们把音乐会的订购单分发给了贵族，而此前购买高额入场券的贵族不是作为指挥官出征了，就是离开人心惶惶的维也纳回到了乡下的领地。因此，响应的人寥寥无几。

"真糟糕，根本招不到客人。"

连莫扎特也开始意识到了事态的严重性，而政府严苛的经济政策更是雪上加霜。

为了筹措战争经费，政府以整理公民个人财政情况为名，更改了有关普通市民借贷的法律规定。这对负债累累的莫扎特一家非常不利。

事情是这样的。最先出台的是这么一条法律：欠债的人必须立即偿还债务。于是，包括莫扎特在内负债累累的人，只好向高利贷借钱，先还清第一笔债务。接下来，政府又取消了贷款的利率限制，贷款人可以根据自己的意愿向贷款对象收取利息。于是，刚刚贷款还清了第一笔债务的人，又开始为没有上限的高利贷而痛苦。

这样一来，欠债的人几乎永远都无法逃离债务地狱。莫扎特一家就深深陷入了这样的地狱，无法脱身。作为宫廷作曲家的800古尔登年薪也只是杯水车薪。

债务地狱开始的1788年夏天，莫扎特为了节省房租支出，又搬到了维也纳市外阿尔瑟格伦德地区的瓦林格街135号。虽然是乡下，但有一个宽敞的庭院。在这里，他的心情焕然一新，仅仅一个半月的时间，他就写出了三首无可指摘的杰作——《降E大调第三十九交响曲》（K.543）、《g小调第四十交响曲》（K.550）、《C大调第四十一交响曲》（K.551）。

虽然这三首曲子是在极短的时间内连续写出来的，但曲风各不相同。6月26日完成的《第三十九交响曲》清澈动听，同时带有一种悲伤的色调，让人预感到他三年后的死亡，这正是这首曲子难以抗拒的魅力。

7月25日完成的《第四十交响曲》用g小调写成，是一部独具特色的作品，以相邻的半音反复往返形成的小乐句为基本单位，如搭建大型建筑物一样构成了整首曲子。在莫扎特的交响曲中只有《第二十五交响曲》和这首曲子用小调创作。

莫扎特的最后一首交响曲——《第四十一交响曲》，完成于8月10日，距离上一部交响曲仅隔了16天。这首曲子展示出王者般的风范，后来，人们借用罗马神话中地位最高的神明之名，称其为《朱庇特》。

据推测，这三首曲子是为了在订购音乐会上演奏而写的，但似乎未能吸引到观众，没有留下演出记录。有一则令人痛心的传闻，即莫扎特在创作出如此多杰作之后，并未亲耳听到演出就离开了人世。但是，从这些曲目留下了抄写谱的事实来看，一般还是认为它们以某种形式进行了演出。

无论如何，在这三首曲子相继诞生的时候，莫扎特一家正因财政危机而处于水深火热之中，这是不争的事实。与其说莫扎特一边为债务烦恼一边进行创作，不如说他仿佛是为了忘却烦恼和痛苦而沉浸在作曲之中。

莫扎特最依赖的借款对象是他的纺织商人朋友约翰·米歇尔·冯·普赫贝格（Johann Michael von Puchberg）。

现存的莫扎特写给普赫贝格的21封信，几乎都是借款申请书。这些信件从 1788 年开始频繁出现,每一封都以非常郑重的口吻诉说自己的窘境,字里行间都流露出"如果您不帮帮忙,我们一家就要完蛋了"的悲哀。

对于莫扎特的请求,普赫贝格一次也没有拒绝。但是,他借出的金额总是会比莫扎特请求的少一些。为人可靠的普赫贝格或许是担心,如果莫扎特要多少自己就借多少,那么这些钱很快就又会被大手大脚地挥霍掉吧。话虽如此,如果金额太少,也达不到救急的效果。个中分寸,他拿捏得非常巧妙。

后来,莫扎特在这位好心朋友的帮助下度过了最后的四年。在借下了共计 1451 古尔登的债款后,莫扎特没能偿还,就离开了人世。

CHAPTER 10 第十章
最后的三年

莫扎特为了挽救家计赤字而计划的柏林之旅因经费不足而搁浅了，他虽然自掏腰包赶赴了利奥波德二世的加冕礼，但并没有获得演出的机会。在他被债务压得喘不过气时，一个神秘人物找上了门，委托他为死者创作《安魂曲》。

1789年伊始，莫扎特一家又回到了维也纳的市中心。这次他们住到了犹太人广场245号"圣母之家"，紧挨着6年前住过的"贝格之家"。

在圣母之家安顿下来后不久，莫扎特的钢琴课学生、年轻贵族利赫诺夫斯基侯爵[1]邀请他去柏林旅行。柏林是普鲁士王国的首都，由喜欢音乐、会拉大提琴的国王腓特烈·威廉二世统治。利赫诺夫斯基因为有事要去柏林，问莫扎特要不要一起前往。

"如果您坐我的马车的话，就不用花马车钱了。我一定要在柏林介绍您和腓特烈·威廉二世陛下认识。"

"柏林吗？好啊。"

莫扎特心想，如果能从普鲁士国王那里拿到一份新的大订单，就能摆脱现在拮据的生活，让自己重新振作起来。于是他四处筹钱凑齐了旅费，于4月8日和利赫诺夫斯基侯爵一起离开维也纳向北出发。

10日，他抵达了《费加罗的婚礼》和《唐·乔万尼》取

---

[1] 利赫诺夫斯基侯爵：卡尔·利赫诺夫斯基（Carl Lichnowsky，1761—1814），狂热的音乐爱好者，莫扎特去世后，他成为1792年11月来到维也纳的贝多芬的第一个赞助人，有段时间还让贝多芬住在自己家里。

得胜利的回忆之地——布拉格，并与有关人士沟通再次在这里上演歌剧的事宜。他在德累斯顿举办了小规模的演奏会，从萨克森选帝侯那里得到了一笔不菲的酬金，随后，他于20日抵达莱比锡，访问了约翰·塞巴斯蒂安·巴赫曾经担任音乐指导和合唱指挥的圣托马斯教堂，弹奏了巴赫使用过的管风琴。这让他仿佛触摸到巴赫的灵魂一般，深受感动。

就这样，4月25日左右，他终于抵达了位于柏林西南方的波茨坦，这是国王的居住地。

莫扎特立刻通过利赫诺夫斯基侯爵表达了拜见腓特烈·威廉二世的请求，但事情并不顺利，宫里传话说，在拜见国王之前，他需要先去问候宫廷音乐指导让-皮埃尔·迪波尔（Jean-Pierre Duport）。

迪波尔是法国大提琴家，从前任国王腓特烈大帝时期就开始在普鲁士宫廷工作，并担任现任国王的大提琴老师。深受国王信任的他掌管着整个宫廷的音乐。这是个大人物，对于外来的音乐家，别的先不说，如果他不喜欢，就见不到国王。在迪波尔看来，他并不愿意有对手出现，所以总是会阻挡外来人，不让他们轻易拜见国王。

——原来如此。

莫扎特恍然大悟，心生一计。他以一首迪波尔创作、国王也经常用大提琴演奏的简单小步舞曲为主题，通过各种变奏进行了华丽的即兴演奏。后来，他在这次即兴演奏的基础上又增加了一些变奏，形成了《迪波尔小步舞曲主题变奏9首》。

看到别人把自己作品完美地演奏出来，迪波尔应该不会不高兴。难道说，他反倒感觉自己被捉弄了，受到了挑衅吗？总之，他没有马上安排莫扎特拜见国王。

就在这时，利赫诺夫斯基侯爵因为急事要回维也纳，莫扎特也跟他一道，先回了莱比锡。

5月12日，莫扎特在莱比锡著名的演奏厅——布商大厦[1]举行了演奏会。他弹奏了自己创作的两首钢琴协奏曲和《c小调幻想曲》，还为友情出演的女高音歌唱家约瑟法·杜舍克（Josepha Duschek）的咏叹调伴奏，赢得了满堂喝彩。不过，这场演奏会本身的入场费太高，观众不多，收益并不好。

在莫扎特为返回维也纳的利赫诺夫斯基侯爵送行时，侯爵提出了一个令他怀疑自己耳朵的请求。

"事出突然，旅费快要不够了。不好意思，能借我一点吗？"

——什、什么！我手头也很紧张的啊……

但是，莫扎特口中说出的却是这样的话："当然可以，

---

[1] 布商大厦：位于德国东部城市莱比锡一家历史悠久的音乐厅。演奏会场设置在原本用来储藏库存纺织品、进行交易事务的会馆内，因此得名。现在的布商大厦已是第三代建筑。

这些您拿着吧。"

他从好不容易才筹到的宝贵钱财中拿出 100 古尔登交给了侯爵。之所以这么做，一方面是出于面子，另一方面也是因为他还欠着侯爵一大笔钱。

莫扎特再次返回波茨坦，一边等待拜见国王的机会，一边想念着留在维也纳的康斯坦策。自从结婚以来，无论去哪里旅行，他都带着康斯坦策。对他来说，没有妻子的旅行既乏味又痛苦。他频繁地给妻子写信，每封都充满了对妻子的爱意和真心。

5 月 26 日，莫扎特终于得到了在弗里德里克王后面前演奏的机会。据说，他从国王那里得到了六首弦乐四重奏以及为夏洛特公主创作六首简单的钢琴奏鸣曲的订单，具体情况不得而知。

然而，这次柏林之旅仍然以费力不讨好告终。6 月 4 日，莫扎特揣着轻盈的钱包只身回到了维也纳。

康斯坦策热情地迎接了丈夫，但可能是怀有身孕的原因，她的身体似乎不太好。倒也不是什么严重的病，只是腿上的静脉长了个疙瘩。医生看过之后说："温泉疗养最有效。去巴登静养一段时间吧。"巴登是位于维也纳南边约 26 千米处的温泉胜地，人们认为这里的硫磺泉能治百病，所以很多人长期居住于此。

——好，让斯坦策儿去巴登吧。莫扎特为了筹措这笔费用，决定举行一次订购音乐会，并通过出版社发出了订购单。维也纳现在经济不景气，没法像五年前那样凑到174个观众，但至少应该能有一半，最坏也能有50人左右吧。然而，莫扎特收到返回的订购单一看，简直怀疑自己的眼睛。订购单上居然只有孤零零的一个人，那就是一直支持他、理解他的范·斯维顿（van Swieten）男爵。他一时无法相信这个残酷的现实。

——怎、怎么会这样？我的音乐哪里不好？

——不，不是这样的。一定是什么发生了变化。

没错，正如莫扎特所猜想的那样，并不是他的音乐不好，相反，他的音乐越来越成熟，已经达到了无人能够望其项背的高度。只是，社会正在发生巨变。

正好在这个时候，因为法国长期处于战争状态之中，宫廷却依旧奢靡浪费，艰苦度日的法国国民不满情绪高涨，终于在7月14日拿起武器，攻占了巴士底狱。不久，给整个欧洲带来巨大影响的法国革命开始了。

曾经温柔地拥抱过少年莫扎特的奥地利公主，现在是法国王后玛丽·安托瓦内特，她和丈夫路易十六一起，从郊外的凡尔赛宫被押解到巴黎拘禁了起来。

玛丽·安托瓦内特（1783年）

维也纳也没能独善其身，与土耳其的战争导致其经济状况发生了巨大变化，法国大革命的浪潮即将波及这里。

订购音乐会已经赚不到钱了。莫扎特明白了这一点，但还是想让康斯坦策去温泉疗养，于是他羞愧地写信给已经借了自己不少钱的纺织商人普赫贝格，希望再借500古尔登。

普赫贝格没有回复第一封信，但经过莫扎特的再三请求，他再次借出150古尔登。再加上从别处筹来的钱，8月初，莫扎特把妻子送到了巴登。这个时候，马上就要满5岁的二儿子卡尔·托马斯入读了维也纳郊外的一所寄宿学校。这是一所面向上流社会的寄宿学校，一年的学费高达400古尔登，但莫扎特完全不认为自家的身份地位与学校不符。他的妻子也一样，比起寄宿学校的学费以及与孩子分离的痛苦，自己的疗养更重要。

这一年，生活拮据的痛苦一直在持续。直到8月29日，《费加罗的婚礼》在城堡剧院再次上演，为莫扎特的生活翻开了新的一页。

约瑟夫二世观剧后，非常喜欢第一幕中音乐教师巴西里奥的台词"女人皆如此"，要求剧作家洛伦佐·达·彭特和莫扎特以此为标题创作歌剧。

巴西里奥这句台词的背景是这样的。

阿尔马维瓦伯爵在花言巧语地追求女佣苏珊娜时，拿起椅子的坐垫，发现少年仆人凯鲁比诺藏在里面，吓了一跳，质问苏珊娜："这是怎么回事？"这时，巴西里奥说出了这句台词，意思是女性就算看起来乖巧可爱，也会不断地寻找与男性恋爱的机会，不可掉以轻心。

约瑟夫二世要求他们以这句台词作为卖点，写一部让人高兴的歌剧。

——太好了，皇帝委托我写歌剧了。

这才是莫扎特最期待的工作。达·彭特写的剧本是这样的：故事发生在南方城市那不勒斯。费奥迪莉姬和多拉贝拉是一对贵族美女姐妹，她们的恋人都是年轻军官，分别是古列尔摩和费朗多。这两个男人都坚信自己的女朋友不会移情别恋。但是，他们的哲学家朋友阿方索先生否认道："女人无论看起来对恋人多么一心一意，只要被其他男人热烈追求，就会爱上对方。"两位青年对此强烈反对。为了验证这件事，他们和阿方索先生打了个赌。

两位年轻军官各自与恋人告别，说自己接到紧急军令，必须上战场了。姐妹悲伤不已。假装出征后，两位年轻军官又乔装成阿拉伯大富翁出现，向对方的恋人求爱。姐妹俩一开始并没有理会，但女佣黛丝比娜怂恿她们"要好好把握恋爱的机会"，于是两人最终都接受了求爱。到了结婚典礼的时候，两个男人重新以年轻军官的面貌出现，责备恋人的背叛。

这时阿方索先生唱出了"女人皆如此"来安慰他们。最后这场精心安排的闹剧真相大白，两对情侣也言归于好，皆大欢喜。

10月开始，莫扎特一个人躲在冷清的房间里作曲，康斯坦策和卡尔·托马斯都不在身边。想见妻子的时候，他就去巴登歇口气。11月16日，康斯坦策在巴登生下一个女儿。这是他们的二女儿，取了与莫扎特母亲一样的名字——安娜·玛利亚，可怜的是，她只在这个世上短暂停留了一个小时左右。

歌剧《女人皆如此》于1790年新年后的1月26日在维也纳的城堡剧院首次上演，博得了满堂观众的笑声。后来又数次再演。

然而，这部歌剧创意的提议者兼委托人约瑟夫二世因身体不适，一次也没能去成城堡剧院，最终在2月20日离开了人世，享年不到49岁。

宫廷进入服丧期，夏季以前所有的演奏会和戏剧演出都被取消了。《女人皆如此》也只演了五场就停演了。

约瑟夫二世的弟弟利奥波德二世继承了王位，他并不像哥哥那样对莫扎特抱有好感。这位新皇帝继位后立即着手进行宫廷改革，约瑟夫二世喜爱的宫廷诗人达·彭特下了台，才华横溢的莫扎特也树敌颇多。就这样，这对曾创作出《费加罗的婚礼》《唐·乔万尼》《女人皆如此》三部歌剧名作的著名搭档，再也没有机会再合作。

莫扎特想在新皇帝手下担任副乐长，提出了任命请求，但被否决了。他只勉强保住了约瑟夫二世赐予他的宫廷作曲家地位和800古尔登年薪。

即便如此，莫扎特的债务依旧像滚雪球一样越积越多，而且，康斯坦策的腿脚又不舒服了。

"沃尔菲，我想去巴登静养，可以吗？"

"这有什么不可以的，你的身体要紧。你去吧，钱我会准备的。"

唯一的希望依旧是普赫贝格。

莫扎特不断向他借钱，普赫贝格也从不拒绝。虽然金额达不到他的要求，但总能有一些钱。由此，康斯坦策又能去巴登了。

康斯坦策腿脚的病症究竟有多严重，巴登的温泉疗法又有多大效果，我们不得而知。莫扎特去世后，她活到了80岁高龄，这在当时是很少见的。只能说，她腿脚的毛病并没有严重到关乎生死的程度。

退一万步说，就算她身患重病，不去巴登疗养就会丧命，她也不可能没注意到丈夫面临的债务深渊。心知肚明的她，怎么还能满不在乎地让丈夫支付无止境的费用呢？而莫扎特又为何始终强颜欢笑着满足妻子的任性要求呢？在他们两人的金钱观念和夫妻关系中，有太多其他人难以理解的地方。

不过，有一点是可以肯定的：莫扎特深深爱着自己选择的妻子，超过爱世上任何一个女人。他知道妻子是一个以自我为中心的人；知道她持家能力低下，与异性纠缠不清（后文将会提到）；也知道她不擅抚养儿女，随随便便就把小孩送进寄宿学校，还轻易把儿子托付给别人导致儿子夭折。尽管如此，莫扎特还是一直爱着她，尽到了作为丈夫的责任。为此，他不惜低头向别人借钱，即使身体不好也仍旧不眠不休地工作，任何牺牲都在所不惜。

利奥波德二世的加冕礼[1]定于10月在法兰克福举行。说到庆典，自然少不了音乐，然而，拥有宫廷作曲家称号的莫扎特并没有收到请他随同前往法兰克福的通知。宫廷作曲家兼乐长萨列里倒是和其他14名宫廷乐团成员一起被列为皇帝的随行人员。

——为什么我不在名单里面？只要让我去，无论怎样的祝

---

[1] 加冕礼：在君主制国家，国王或皇帝继位后，正式从神职人员等处接受冠冕，向世人宣布其登上王位或帝位的仪式。

贺曲我都能写，也能演奏得出彩。新皇帝为什么不选我呢？

莫扎特强忍着屈辱的泪水，十分想去法兰克福。他希望可以自己举办一场成功的个人演奏会，作为加冕礼的一系列庆祝演奏会之一，获得皇帝的认可。

但是，与萨列里不同，他并没有被列为正式的随行人员，因此宫廷不会为他支付一分钱的旅费和住宿费。

——那我就自掏腰包去吧。我要在法兰克福成功举办演奏会，让皇帝对我刮目相看。

莫扎特四处借钱仍旧不够，就连银制的餐具都典当了，就这样筹集了旅费。他比皇帝还早一步，9月23日就从维也纳出发前往法兰克福了，同行的还有三年半以前一起去布拉格旅行的宫廷小提琴家弗朗茨·霍弗和一个仆人。霍弗在布拉格旅行后与康斯坦策的大姐约瑟法结婚，成了莫扎特的姐夫。不知为什么，莫扎特和这个霍弗特别合得来。

他们途经雷根斯堡、纽伦堡、维尔茨堡等地，于9月28日抵达法兰克福。

利奥波德二世的加冕礼于10月9日在法兰克福大教堂隆重举行。典礼上演奏的是文森佐·里基尼的《庄严弥撒》和萨列里的《感恩赞》。莫扎特的《唐·乔万尼》本来要在市里的剧场上演，后来不知为何换成了别的作曲家的歌剧。

莫扎特压抑着不甘，在10月15日举行了自己的演奏会。

但是因为当天还有其他演奏会,所以客人很少,最终没能赚到钱。再待在法兰克福也没有意义了,他只能失望地回到维也纳。

在法兰克福期间,他给康斯坦策写了几封信。字里行间一如既往充满爱意,但也有部分语句令人略感意外。

"我很高兴你(在巴登)玩得开心——当然很高兴,但你偶尔会有一些轻浮的举动,我希望你一定要引以为戒。你对××(名字被删去)太过亲昵了,对××也一样,以前你在巴登的时候(上次在巴登逗留的时候)也发生过相同的事情。你以前向我承认过,你有容易听人摆布的倾向。"(1789年8月)

在这封信中被删去名字的两个人,其中一个似乎是在莫扎特去世后接受康斯坦策的委托,完成了莫扎特未完成的《安魂曲》的年轻音乐家弗兰兹·克萨韦尔·苏斯迈尔(Franz Xaver Süssmayr)。

康斯坦策比莫扎特早一步从巴登回到维也纳,她遵照丈夫的指示,用从出版商霍夫梅斯特(Hoffmeister)那里借来的钱,于9月30日搬到了新住处。这次的新家是位于罗恩斯登巷970号的"克莱恩·凯撒之家"。

莫扎特在11月20日左右回到了新家。在他尚在途中时,英国的音乐赞助人寄来了一封信,落款10月26日。信的内容是邀请他年末前往伦敦,如果能在伦敦待半年时间创作两部歌剧,就支付给他 300 英镑。

虽然这个条件不差,但事情来得太突然,考虑到自己在新皇帝手下如履薄冰,莫扎特没答应。如果离开维也纳半年,宫廷作曲家这个原本就摇摇欲坠的职位他就彻底保不住了。

几乎在同一时间,58 岁的约瑟夫·海顿也收到了这个邀请。海顿在埃斯泰尔哈吉侯爵家担任宫廷乐长多年,现在已经离职,身份自由,所以他接受了这个邀请,决定前往英国。

就在出发前的 12 月 14 日,这对相差 24 岁的好友共进了告别晚餐。

"海顿老师,伦敦的冬天很冷,请您务必保重身体。"

"你在少年时代就去过伦敦对吧?我这么大年纪还是第一次去。你会英语对吗?"

"是的,我 8 岁的时候就学会了,所以没有什么不方便。"

"我完全不会说英语,但我认为音乐可以讲述一切。既然有听众想听我的音乐,我就一定要满足他们的期待。"

"正如您所说,音乐是世界通用的语言。伦敦的听众真幸福,他们能迎接老师您了。"

"请期待我给你带回来伴手礼吧。"

"好的,我衷心期待您的归来。"

第二天,海顿离开了维也纳。

从那以后，这对约定要再见的朋友，再也没有见过面。

1791 年到来了。

莫扎特仿佛一扫前一年的萎靡不振，从新年伊始就开始努力作曲。1 月 5 日，被写入作品目录的是《降 B 大调第二十七钢琴协奏曲》。这首曲子充满了让人联想到清澈蓝天的纯净之美，明亮的背后可以窥见克服悲伤的了悟境界，这深深打动了听众的心。

创作了钢琴协奏曲，就说明当时的莫扎特还有举办订购音乐会的计划。但是，两年前他发出音乐会订购单后，发现最终只有一个人报名，那种惨淡的状况到现在也还没有好转。

莫扎特的这最后一首钢琴协奏曲杰作没能在自己主办的演奏会上展示，直到 3 月 4 日，他友情出演一位叫约瑟夫·贝尔的单簧管演奏家的演奏会时才终于得以首演。

接着，1 月 14 日，《渴望春天》《初春》《游戏》三首德语歌曲被列入了作品目录。其中《渴望春天》采用了《第二十七钢琴协奏曲》第三乐章的主题。

此外，这个春天，莫扎特接二连三地创作了小步舞曲、德国舞曲、圆舞曲等类型的轻松的小曲，总数多达 40 首。这些曲目很快就被制成印刷谱和抄写谱出售，莫扎特一家的生活稍微宽裕了一些。

3月7日，莫扎特被正式委托创作一部歌剧，委托人是伊曼纽尔·席卡内德（Emanuel Schikaneder），他既是演员又是剧作家，还是剧院经理和演出策划，是一位很有才华的人。

莫扎特认识席卡内德是在十多年前的萨尔茨堡时期，即1780年。当时席卡内德是"摩泽戏剧协会"的成员，到萨尔茨堡巡回演出，之后两人很长一段时间都没有见面。直到1789年，席卡内德来到维也纳买下了维登剧院这个小剧场，开始在这里主办歌剧和戏剧之后，两人才又得以重新交往。

"您能帮我写德语的音乐吗？"

"哦，德语吗？好啊，自从《后宫诱逃》之后我还没再写过呢。"

"我想请您写的是带有歌曲的轻松戏剧，剧本由我来写。"

"是什么故事呢？"

"嗯，是一个救人的故事，但又不止于此，它还是一个年轻人的成长剧，当然也会有恋人终成眷属的故事。"

"登场人物是？"

"主角是一对情侣，王子塔米诺和夜之女王的女儿帕米娜。这个夜之女王是一个非常厉害的角色，虽然是个美人，但是性格很强悍。由于过去的种种经历，她对祭司萨拉斯特罗怀有深深的怨恨。萨拉斯特罗对这一点心知肚明，他认为把心灵纯洁的帕米娜留在如此邪恶的母亲身边不合适，所以把她带回了自己的城堡。但是,夜之女王因为女儿被掳走,更加怨恨萨拉斯特罗,痛苦不已。"

席卡内德热切地讲起了故事情节。

"那么,王子塔米诺是个怎样的角色呢?"

"嗯,王子追赶一条大蛇,碰巧闯入夜之女王的领地,得到了侍女们的帮助,她们拜托塔米诺去救帕米娜。跟着他一起去的有捕鸟高手巴巴吉诺。这个角色与其说是人,不如说我更想塑造的是一个像鸟那样令人喜爱的角色。"

"哦,有鸟人出现吗?听起来很有趣。"

见莫扎特表现出了兴趣,席卡内德得意地说:"这主意不错吧?这个角色我打算自己演。塔米诺和巴巴吉诺去了萨拉斯特罗的宫殿,认真听了萨拉斯特罗的解释之后,明白了他并不是坏人,并决心接受萨拉斯特罗对他们的考验。最终,塔米诺成功地克服困难,与帕米娜终成眷属,而巴巴吉诺也遇到了与他般配的恋人芭芭吉娜。"

"嗯,那么,夜之女王会怎么样呢?"

"虽然有点可怜,但夜之女王支配的黑暗世界最终会崩塌。"

"剧名叫什么呢?"

"我想命名为《魔笛》,因为塔米诺去救帕米娜之前,夜之女王给了他一支魔笛。"

"原来如此。很有意思,我试着写写看。"

"酬金450古尔登怎么样?我先预支你一半。"

"那太好了。"

就这样,莫扎特开始创作《魔笛》。不久,怀有身孕的康斯坦策提出今年也想去巴登,他照例勉强凑到了钱,在6月初把妻子送走了。

席卡内德担心莫扎特孤身一人,便在自己的剧院旁边为他准备了一间小屋。

"你在这里慢慢写。我可以给你送餐,当然,还有红酒。"

"你真是帮了我大忙了。"

就这样,《魔笛》的作曲在这间小屋里进行,到7月,曲子已经有了雏形。

康斯坦策于7月中旬回到维也纳,26日生下了第六胎,也是他们的第四个儿子。值得庆幸的是,这个被命名为弗朗茨·克萨韦尔·沃尔夫冈(Franz Xaver Wolfgang)的孩子平安长大,与二儿子卡尔·托马斯一起作为莫扎特的后代活到了19世纪中叶。

两个儿子中,只有弗朗茨·克萨韦尔成了音乐家,以莫扎特二世的名字为人所知。但是,由于两人都没有留下子嗣,莫扎特家的血脉在成为米兰官员的卡尔·托马斯去世的1858年就断绝了。

在莫扎特的四儿子出生的几乎同一时期，怀揣着布拉格音乐界所有人士心愿的赞助人多梅尼科·瓜达索尼（Domenico Guardasoni）委托莫扎特为一部庆典歌剧作曲。

当时，奥地利皇帝兼任波希米亚国王。如前文所述，奥地利新皇帝利奥波德二世的加冕礼于前一年在法兰克福举行，莫扎特没能参加加冕仪式，自掏腰包赶过去，结果吃了不少苦头。这次利奥波德二世成为波希米亚国王的加冕礼将于9月6日在布拉格举行，为此需要一部庆典歌剧。

机会似乎终于轮到莫扎特了，但实际上，最先接到委托的是萨列里。由于距离演出已经时日不多，萨列里以"现在很忙"为由，断然拒绝了。慌了神的瓜达索尼向布拉格的有关人士打听该找谁帮忙，人们提到了以《费加罗的婚礼》闻名的莫扎特。接着维也纳方面表示反对，又是一番争执。结果因为实在找不到其他能在这么短的时间内写出作品的作曲家了，维也纳方面只好让步。于是直到最后几天，莫扎特才接到委托。

当然，莫扎特并不知道事情的原委。为加冕礼的歌剧作曲是一件非常光荣的事情，而且还能得到作曲费。尽管距离上演日只有六周，莫扎特还是接受了这个委托。这是一部二幕歌剧《狄托的仁慈》，用罗马时代仁慈的皇帝来比喻利奥波德二世。至此，他不得不同时进行两部歌剧的创作。

弗朗茨·克萨韦尔·沃尔夫冈

莫扎特的两个儿子：二儿子卡尔·托马斯（右）和四儿子弗朗茨·克萨韦尔·沃尔夫冈（左）

不久之后的一天，一个大夏天却还身穿灰色斗篷的陌生男子敲响了莫扎特的家门。

"我是受人之托前来的，能否请您写一首抚慰亡者灵魂的《安魂曲》？我会向您支付450古尔登作为酬金。如果您现在答应的话，我就先付您一半定金，也就是225古尔登作为酬金，剩下的一半在《安魂曲》完成后再支付给您。"

莫扎特顾不上自己因肩负两部巨作的创作任务而疲惫不堪的身体，一听能当场支付225古尔登，急需用钱的他明知很勉强，还是答应了下来。

很快，《狄托的仁慈》即将在波希米亚上演。他在8月下旬去了布拉格。当然，作品还没有完成。他在马车里也在奋笔疾书。

9月6日，《狄托的仁慈》在布拉格上演，虽然算不上多么成功，但观众还是很高兴。不管怎么说，兑现了承诺，肩上的担子总算卸下了一个。还剩下《魔笛》和《安魂曲》了。

《魔笛》的首演预定在9月30日。他回到维也纳，不眠不休，用尽了所有精力，希望抓紧时间完成创作。

就这样，《魔笛》首演的日子到来。维登剧院沐浴在暴风雨般的喝彩之中。

这是充满着童话色彩的有趣故事。人造的大蛇、飞溅的火花和水珠、效果满满的舞台装置、个性鲜明的登场人物、生动刻画人物性格的莫扎特的浪漫音乐、技艺高超的歌手……观众看得非常高兴。

席卡内德自己则浑身贴着鸟的羽毛,扮演了讨人喜欢的巴巴吉诺。饰演塔米诺的本尼迪克特·沙克(Benedikt Schack)和饰演萨拉斯特罗的弗兰茨·格尔(Franz Gerl)是莫扎特的好友,演唱夜之女王的是康斯坦策的大姐约瑟法·霍弗。

之后,《魔笛》不断再演,观众人数持续增加。劲头正盛的莫扎特专门邀请了世人眼中他的竞争对手萨列里,还有萨列里的恋人、女高音歌唱家卡瓦列里。萨列里非常惊喜,目不转睛地看着舞台,并在演出结束后给予了莫扎特极高的赞美。

就这样,莫扎特结束了《魔笛》的创作。10月初,他为朋友单簧管演奏家安东·施塔德勒创作了一首构思了很久的协奏曲,这就是被誉为古今单簧管作品最高水准的名曲《A大调单簧管协奏曲》。之后,他又为所属的友爱团体"共济会"即将举办的仪式创作了小规模的康塔塔《高唱我们的喜悦》,并在11月17日的仪式上亲自指挥了首演。

——现在终于可以专心创作《安魂曲》了。

然而,当他面对这首为死者创作的音乐时,却产生了一种不可思议的感觉。

——这到底是为谁创作的追悼音乐?这是在安慰谁的灵

魂呢？

实际上，《安魂曲》的真正委托人是一个地方贵族——在维也纳西南约40千米的施图帕赫拥有城堡和领地的弗朗茨·冯·瓦尔塞格-施图帕赫（Franz von Walsegg-Stuppach）伯爵。这位伯爵爱好音乐，喜欢演奏大提琴和长笛，每周两次邀请专业演奏家到城堡里演奏四重奏，还会亲自作曲。不过，伯爵的作曲技术却令人怀疑，他的拿手好戏是花钱请专业作曲家作曲，然后当做自己的作品进行发表。

这一年的2月14日，伯爵年仅20岁的爱妻安娜去世，他想为妻子举办追悼弥撒，并演奏自己作曲的《安魂曲》献给妻子的灵魂。当然，他依旧打算像往常一样，偷偷地请人代为作曲，再假装成自己的作品。

被选中代笔的，就是莫扎特。以使者的身份拜访莫扎特的陌生男子名叫安东·莱特盖普（Anton Leitgeb），他是拥有与瓦尔塞格伯爵邻近的领地的地方名士，既是伯爵的法律顾问，也是音乐沙龙的核心成员之一。

莫扎特完全不了解其中的隐情，在创作《安魂曲》的过程中，他感到身体非常疲惫，越来越觉得这个使者简直就像死神派来的使者。

莫扎特一再勉强自己进行工作，从小康塔塔初演开始，不，甚至从更早的《魔笛》初演开始，他就被头痛、手脚浮肿等不适感折磨。他努力克服困难，继续创作《安魂曲》，但到了 11 月 20 日，他终于再也无法忍受身体的不适，瘫倒在床上，再也无法起来。

——也许，这是为我自己写的《安魂曲》。

这个念头在脑海中挥之不去，令他愕然不已。然而，他还是想尽快完成这首曲目，拿到剩下的酬金。如果就这样放弃，别说另一半酬金了，就连委托时收到的那一半——225 古尔登都需要返还。为了避免沦落到那样的境地，无论如何都必须完成这个作品。

12 月 3 日，莫扎特的情况稍有好转。但是，当天晚上病情再次恶化。

第二天，康斯坦策的妹妹索菲来探病。

"你能来真是太好了。他昨天晚上身体很不舒服，我一直在想，要是撑不到今天早上可怎么办啊。"

康斯坦策扑进了索菲的怀里。索菲安慰了一下姐姐，走到病人的床边。莫扎特对她说："索菲，你来了，今晚就待在这里，好好为我送别吧。"

"姐夫，别说什么送别，你的身体会渐渐好起来的。"

索菲这样鼓励他，莫扎特却无动于衷。

"我的舌头已经尝到死亡的味道了。如果我死了，斯坦策儿一定会很伤心，所以今晚你就待在这里，陪陪她吧。"

"那我先回家跟妈妈说一声。"

索菲出门后,莫扎特对着来给自己帮忙的年轻作曲家弗兰兹·克萨韦尔·苏斯迈尔,详尽备至地说明了要如何继续写完自己未完成的《安魂曲》。

索菲回来的时候,莫扎特还在嘱咐苏斯迈尔。之后,他的床被亲朋好友团团围住。莫扎特痛苦地呼吸着,说话的声音却非常坚定。

"谢谢大家来看我。我想把《安魂曲》唱到最后搁笔的地方。我来唱女低音,其他声部就拜托大家了。"于是,《魔笛》首演中饰演塔米诺的男高音本尼迪克特·沙克用假声演唱女高音,男低音则由饰演萨拉斯特罗的弗兰茨·格尔负责,莫扎特的好友、小提琴家弗朗兹·霍弗演唱男高音。只有四个人的私人首演就这样开始了。病房里流淌着清澈的旋律,这是莫扎特的《安魂曲》在这个世界上第一次被唱响。他们唱着《垂怜经(进堂咏)》《求主垂怜》《震怒之日》……当唱到《落泪之日》时,莫扎特再也抑制不住悲伤,哽咽了起来。"落泪之日"指的是有罪的人为了接受审判而从灰烬中苏醒的日子,《安魂曲》第三部的最后一曲就是这首四声部合唱的《落泪之日》。莫扎特写到第八小节就被迫中断了。

满怀深情创作的这首安魂弥撒曲还没写完,自己却马上就要启程了。不甘和悲伤让莫扎特哭倒在床上,不久便陷入了昏迷状态。莫扎特亲自参与其中的《安魂曲》的试演，成了他在这个世界上听到的最后的音乐。

1791年12月5日凌晨0点55分，他牵挂着未完成的《安魂曲》，踏上了没有归途的旅程。

12月6日，在斯蒂芬教堂举行了最低级别的葬礼之后，莫扎特的灵柩由简陋的灵车运到了城外的圣马克思公墓。虽然有几个亲朋好友陪同，但都在城门处折返，没有人见证他的下葬。

掘墓人从棺材里取出他被亚麻布包裹着的遗体，和其他几具遗体并排横放在公共的大墓穴里，上面随意地洒落着消毒用的石灰和土。别说墓碑了，连一个标记都没有。

莫扎特深爱着的妻子康斯坦策，在丈夫死后仅6天就向利奥波德二世申请抚恤金，之后又多次积极请愿。到第二年3月为止，她成功获得了相当于亡夫年薪三分之一的津贴。她还催促苏斯迈尔尽快完成《安魂曲》，以便从委托人瓦尔塞格伯爵那里获得剩下的一半酬金。康斯坦策把作品交给瓦尔塞格伯爵之前还偷偷留下了抄写谱，并在各地进行演出，赚取演出费。不仅如此，她还颇有做生意的本领，甚至凭借出版乐谱赚到了出版费，让瓦尔塞格伯爵颜面尽失。

就这样，企业家康斯坦策忙于自己的生活规划，似乎根本没有想到要去丈夫的坟前扫墓。

当康斯坦策在再婚对象、丹麦外交官格奥尔格·尼森（Georg Nissen）的催促下终于来到圣马克思公墓时，距离莫扎特去世已经过去了17年。

因为康斯坦策让尼森写莫扎特的传记，所以尼森需要在墓地取材。

她作为妻子，明明同样住在维也纳，却在17年后才第一次为丈夫上坟。

17年间，公墓对遗骨进行了几次挖掘整理和废弃处理，这时已经完全无法确定当年的埋葬地点，也不可能找到莫扎特的遗骨。

这位人类史上最伟大的天才音乐家的遗体，或者说遗骨，就这样永远遗失了。

现在人们在圣马克思公墓看到的"悲伤天使"墓碑，是后世的墓地管理员利用现成的石像为他打造的，下面并没有埋着他的遗体。

耸立在维也纳中央墓地32A音乐家专用区域正中间、带有青铜人像的高柱，也不过是一座纪念碑，并非莫扎特的墓地。

这个事实令人无比悲伤和震惊。如果留下遗体或遗骨，也许就能了解他的很多信息，包括体格、骨骼、死因、身体特质，甚至是天才的大脑是如何运作的，等等。但是另一方面，执着于寻找遗体的去向似乎也没有什么意义。

后来的康斯坦策（汉森绘制，1802年）。
手上拿着《莫扎特作品全集》，
表示这部全集的出版有她的功劳。

圣马克思公墓的无主墓碑

这就是莫扎特 35 年 10 个月零 8 天的短暂一生。

这位天真烂漫的音乐天使在旅途的天空下度过了一般人一生中大约三分之一的时光。如果生活在地面上的时光本身就是一次旅行,那么他只是结束旅途,回到了天上。也许此刻他正因好奇而两眼闪烁着光芒,嘴里哼着歌,精神饱满地在天空中旅行呢……

参考文献

［1］海老泽敏著:《莫扎特》，音乐之友社1961年第1次印刷，1973年第12次印刷。

［2］马丁·卡迪厄（Martine Cadieu）著，店村新次译:《莫扎特》，音乐之友社1971年第1次印刷，1988年第10次印刷。

［3］海老泽敏、高桥英郎编译:《莫扎特书信全集》I～VI，白水社1976—2001年（以Kassel：Bärenreiter，c1962-1963为底本）。

［4］柴田治三郎编译:《莫扎特的信》，岩波书店1980年。

［5］属启成著:《与莫扎特旅行》，音乐之友社1981年第1次印刷，1989年第6次印刷。

［6］石井宏著:《少年莫扎特之旅》，音乐之友社1982年。

［7］海老泽敏著:《莫扎特的另一面》，音乐之友社1982年。

［8］高桥英郎著:《莫扎特》，讲谈社1983年。

［9］凯瑟琳·汤姆森（Katherine Thomson）著，汤川新、田口孝吉译:《莫扎特与共济会》，法政大学出版局1983年。

［10］田边秀树著:《莫扎特》，新潮社1984年第1次印刷，1988年第8次印刷。

［11］弗兰西斯·卡尔（Francis Carr）著，横山一雄译:《莫扎特与康斯坦泽》，音乐之友社1985年。

［12］中川美登利著：《永远的天才音乐家 莫扎特》，讲谈社 1987 年。

［13］井上和雄著：《莫扎特 心之轨迹》，音乐之友社 1987 年。

［14］海老泽敏著：《莫扎特 值得一听的故事》，NHK 出版 1992 年。

［15］弗里茨·亨宁伯（Fritz Hennenberg）著，茂木一卫译：《莫扎特》，音乐之友社 1993 年。

［16］迈克尔·怀特（Michael White）著，松村佐和子译：《莫扎特》，偕成社 1998 年。

［17］久元祐子著：《莫扎特的钢琴音乐探访》，音乐之友社 1998 年。

［18］山县茂太郎著：《莫扎特 钢琴独奏曲 乐曲结构与演奏解说》，音乐之友社 1998 年。

［19］山县茂太郎著：《莫扎特 钢琴、奏鸣曲 乐曲结构与演奏解说》上中下册，音乐之友社 2000 年。

［20］西川尚生著：《作曲家 为人与作品 莫扎特》，音乐之友社 2005 年第 1 次印刷，2006 年第 4 次印刷。

［21］日野圆著：《莫扎特 作曲家的故事》，新潮社 2016 年。

［22］小宫正安著：《康斯坦泽、莫扎特 "恶妻" 传说的虚实》，讲谈社 2017 年。

［23］荻谷由喜子著：《莫扎特的旅行与人生》，*MOSTLY CLASSIC* 杂志 2018 年 6 月刊。

［24］荻谷由喜子著：《莫扎特 安魂曲传说的真相》，*MOSTLY CLASSIC* 杂志 2019 年 7 月刊。

插图鸣谢

p.186 右：© Bwag/CC-BY-SA-4.0

p.211：Creative Commons CC BY-SA 2.0 FR https://creativecommons.org/licenses/by-sa/2.0/fr/deed.en

p.249：Creative Commons CC BY-SA 2.0 https://creativecommons.org/licenses/by-sa/2.0/

后　记

小时候，我读的第一本音乐家传记就是《莫扎特》。

尽管那是一本面向小学低年级学生的简单传记，但通过那本书，我大致了解了莫扎特作为作曲家的大名和他的人生经历。其中最让我印象深刻的是莫扎特从少年时代起就和家人多次长途旅行。那个时候，提起旅行，我只知道暑假的家庭旅行，莫扎特能如此频繁地去旅行对我来说很不可思议，尤其长达数月甚至数年的大旅行更令我吃惊。我想，是因为以前不用去学校，所以能旅行那么长时间吗？可是，不去学校没关系吗？

至于父亲利奥波德为什么经常带孩子们出去旅行，旅行又给莫扎特带来了什么，当时的我还不太能理解。在这本最初的传记中，关于"旅行"的问题在我脑海中留下了深刻印象，成为我理解莫扎特与旅行的关系的第一步。如今，我以古典音乐相关的写作为业，这依然是我考察莫扎特的人生及其作品的重要线索。

还有一个故事。旅途中，在维也纳的城堡里，当莫扎特走向国王一家和大臣时摔倒了，一个和他差不多年纪的公主冲过去把他扶起来，莫扎特高兴地说："谢谢你，你真是个温柔的人啊。长大后我要娶你为妻作为报答。"这一段我也读得很开心，一直记在心里。

几年后，我读了一本面向儿童的书，改编自著名奥地利作家斯蒂芬·茨威格（Stefan Zweig）为法国革命的悲剧王后玛丽·安托瓦内特撰写的评传，才不禁感叹，原来当时扶起少年莫扎特的小公主是如此重要的历史人物。在为她的悲惨命运感到心痛的同时，我再次意识到这位著名的王后和莫扎特之间不可思议的缘分，有一种历史的圆环闭合了的感觉。实际上，莫扎特和玛丽·安托瓦内特之间的这段温暖的逸事真伪不明。不过，就算那是编造的故事，神童时代的莫扎特曾在维也纳的美泉宫为玛利亚·特蕾西亚女皇一家进行过演奏，这依旧是不争的事实，所以这两位历史上的重要人物确实见过面。而且，我觉得这非常耐人寻味。这是因为，玛丽·安托瓦内特意外地成了法国大革命的导火索之一，这场大革命不仅成了世界史上的重大事件，在音乐史上同样如此，对莫扎特的一生产生了巨大的影响。而他与当事人在孩提时代就曾相遇，这难道不是极具宿命感和象征意义的事情吗？

莫扎特的一生很短暂，只有35年零10个月，但他生活在法国大革命前后的历史转折期。这是一个新旧交替的时代，从极少数王侯贵族主导政治，垄断音乐、戏剧、美术等丰富艺术的时代，过渡到了市民参与政治并成为艺术鉴赏者的时代。这个时候，音乐家的生存方式也从以侍奉王侯贵族或教堂为唯一出路的旧时代，进入了可以在没有主君的自由立场上，依靠演奏会收益、作曲酬金或给学生授课的费用生活的新时代。

正如大家读过这本书后了解到的，莫扎特的一生分为两个截然不同的部分，25岁前，他以故乡萨尔茨堡为据点，一直在旅途中生活；25岁后，他在维也纳定居，在那里度过了十年半，直到去世。

萨尔茨堡时代的他，16岁就被任命为有薪水和实务的乐团首席，作为旧时代的音乐家，充分品尝了侍奉宫廷的悲哀和屈辱。对于从小就多次自由旅行、不管走到哪里都被誉为神童的他来说，这个死板、不合衬的身份简直难以忍受。

话虽如此，他并没有想过要放弃宫廷音乐家这一古老而稳定的身份。只是萨尔茨堡这样的小地方缺乏音乐刺激，几乎没有演出自己喜欢的歌剧的机会，再加上主君科罗莱多大主教并不理解自己，所以他才选择了前往意大利的米兰、佛罗伦萨，梦想着成为那里的宫廷作曲家。当他知道无论怎么努力都无法实现这个愿望后，他又希望受雇于德国曼海姆或法国巴黎的宫廷，于是踏上了寻找工作的旅程。最终，不但没能找到工作，还在巴黎失去了陪同出行的母亲，旅行以悲惨的结局收场。

没办法，他只好回到萨尔茨堡，不情不愿地继续侍奉宫廷。其间，他有幸接受了慕尼黑宫廷的歌剧委托，前往慕尼黑。歌剧上演后，他又擅自延长了休假，在这个城市里大展身手，结果被逗留在维也纳的科罗莱多大主教召去严厉斥责。他领着科罗莱多大主教发放的薪水，从这个立场来说，就必须出演大主教在维也纳举办的许多音乐会，但这些音乐会总是与他个人受邀演出的其他重要音乐会产生冲突，令他失去了在皇帝面前演奏的荣誉和巨额酬金。为此，莫扎特恨得咬牙切齿。

不满情绪越来越高涨的他，在与科罗莱多大主教发生激烈争论后提交了辞呈。1781年5月9日，他开始了新时代的独立音乐家生活，不再侍奉任何人。

从那以后，他不再从任何地方领取工资，只能依靠举办订购音乐会、给学生上课、作曲等的收入维系生活。起初，订购音乐会的观众人数不断增加，有钱的学生很多，作曲委托也不少。他和妻子接连搬进了多个房租昂贵的豪华住宅，过着奢侈的生活，但到了后期，他的经济状况急剧恶化，本书谨慎推测并详细叙述了其中的原因。

在这后半段时间里，法国大革命爆发，影响波及各国。后来，音乐家的生存方式正式向新时代的独立模式转变，莫扎特率先开创了这一先河。虽然他一度成为最早的成功者，但也在时代的惊涛骇浪中弹尽粮绝。

莫扎特生活在变革的时代，他在一生中经历了旧时代音乐家和新时代音乐家两种不同的生存模式，是一位难得一见的音乐家。

历史总是在变化的，昨天还觉得理所当然的、普通的事情，今天就变得不再如此，这并不稀奇。希望读者能从这本小书中感受到莫扎特这位音乐家是如何在历史浪潮中时而顺势而为、时而逆流而上，痛苦地生存下来的。在本书中，我加入了如前文所述的莫扎特与玛丽·安托瓦内特相遇的逸事，也请克里斯蒂安·巴赫、贝多芬、海顿等同时代的音乐家纷纷登场。

如果能从一本传记中感受历史长河，从主人公与周边人物的关系入手，进而对又一个人物或事件产生兴趣，阅读就会变得更加丰富。

我衷心希望本书能给您带来这样一些小小的帮助。

最后，我要衷心感谢雅马哈音乐娱乐控股公司给予我这个写作机会，感谢难得一见的优秀编辑河西惠里，以敏锐的眼光为我指出许多不足之处，为增加出场人物的生命光彩提出了宝贵建议。

萩谷由喜子

2020年8月27日

莫扎特的人生轨迹与历史事件

（左列括号内数字表示当年的年龄，①~⑰表示莫扎特的第1~17次旅行）

公历（周岁）	莫扎特的人生轨迹	历史事件
1756年	1月27日出生在萨尔茨堡宫廷乐团演奏者的家庭。洗礼名（正式名字）是约翰内斯·克里索斯特莫斯·沃尔夫冈格斯·提奥菲鲁斯·莫扎特。父亲利奥波德出版了小提琴教科书《小提琴教程》。	由于普鲁士和奥地利的领土问题，各国分成两个阵营并展开了长达七年的战争。
1757年（1岁）	父亲利奥波德被授予"萨尔茨堡宫廷乐团室内作曲家"称号。	
1758年（2岁）	父亲利奥波德晋升为萨尔茨堡宫廷乐团小提琴副首席。	
1759年（3岁）	学习姐姐南妮尔的课程，摸索和弦。	德国作曲家亨德尔在伦敦去世，享年74岁。

续表

公历（周岁）	莫扎特的人生轨迹	历史事件
1760年（4岁）	开始学习钢琴，很快就能弹奏小曲。	普鲁士的腓特烈二世击败奥地利。
1761年（5岁）	第一次写曲子。	
1762年（6岁）	1月12日至2月初，和姐姐、父亲一起去慕尼黑演奏旅行①。9月18日至第二年1月5日，一家四口去维也纳演奏旅行②，拜见玛利亚·特蕾西亚女皇一家，演奏后获赠礼服。	德国作曲家克里斯蒂安·巴赫从米兰移居伦敦。
1763年（7岁）	2月，父亲利奥波德升任宫廷乐团副乐长。6月9日，全家出发进行大西游③，途经慕尼黑、奥格斯堡、法兰克福、科布伦茨、科隆、亚琛、布鲁塞尔，11月18日抵达巴黎。结识格林男爵，在其建议下，于年底搬到了凡尔赛。	
1764年（8岁）	1月1日，拜见法国国王路易十五一家并演奏。3月10日举办公开演奏会，获得巨大收益。4月9日举办告别演奏会。10日从巴黎出发，23日抵达伦敦。同月27日，拜见国王乔治三世和夏洛特王妃。之后举办了多次公开演奏会。与克里斯蒂安·巴赫相识并受教。	英国的哈格里夫斯发明了珍妮纺纱机。

续表

公历（周岁）	莫扎特的人生轨迹	历史事件
1765 年 （9 岁）	1 月 18 日，将《小提琴与钢琴奏鸣曲》（K.10—K.15）加上亲笔献词献给夏洛特王后。2 至 5 月的几次公开演奏会大受好评，引来众人对莫扎特真实年龄及演奏水准的怀疑。6 月，接受音乐学者巴林顿的考验，证明了自己的才能。7 月 24 日从伦敦出发，途经加莱前往荷兰，在海牙和姐姐都大病了一场。	玛利亚·特蕾西亚女皇的丈夫弗朗茨一世去世，长子约瑟夫二世即位。
1766 年 （10 岁）	1 月至 3 月在海牙和阿姆斯特丹举行演奏会。将《小提琴和钢琴奏鸣曲》（K.26—K.31）献给拿骚－威尔堡王妃。4 月 7 日离开荷兰，5 月 10 日再访巴黎。在瑞士停留后于 11 月 29 日回到萨尔茨堡。	
1767 年 （11 岁）	9 月 11 日全家开始第二次维也纳之旅④。10 月与姐姐都感染了天花，因受到奥洛穆茨的波特施塔基伯爵的照顾而恢复。	
1768 年 （12 岁）	在维也纳创作《装痴作傻》。但因为遭受阻挠，未能上演。	
1769 年 （13 岁）	1 月 5 日，返回萨尔茨堡。5 月，在施拉滕巴赫大主教的帮助下，《装痴作傻》在萨尔茨堡首演。12 月 13 日，被授予无薪的第三小提琴手头衔，和父亲开始第一次意大利旅行⑤。	拿破仑于科西嘉岛出生。

续表

公历（周岁）	莫扎特的人生轨迹	历史事件
1770年 （14岁）	1月5日，在维罗纳举行演奏会。经过曼托瓦、博洛尼亚、克雷莫纳，于1月23日到达米兰，在菲尔米安伯爵的赞助下成功举办了演奏会，并接受了宫廷剧院的歌剧委托。结识了圣马蒂尼。在佛罗伦萨，与英国的少年小提琴手托马斯·林利结下了深厚的友情。4月在罗马梵蒂冈将阿雷格里的《求主垂怜》听了一遍，并将曲谱默写下来。被罗马教皇克勉十四世授予"金马刺骑士勋章"。10月，被推选为博洛尼亚爱乐学会会员。12月26日在米兰首演歌剧《彭特国王米特拉达梯》。	贝多芬于波恩诞生。玛丽·安托瓦内特嫁到法国。
1771年 （15岁）	3月28日，返回萨尔茨堡。8月13日，开始第二次意大利旅行⑥。10月17日，在米兰首演歌剧《阿斯卡尼奥在阿尔巴》。12月15日，回到萨尔茨堡，翌日施拉滕巴赫大主教去世。	
1772年 （16岁）	3月，科罗莱多就任萨尔茨堡大主教，莫扎特成为带薪乐团首席。10月24日，开始第三次意大利旅行⑦。12月26日，在米兰首演歌剧《卢乔·西拉》。此后，执意在米兰逗留，期待在佛罗伦萨宫廷就职，但未被录用。	

续表

公历（周岁）	莫扎特的人生轨迹	历史事件
1773年 （17岁）	3月13日，返回萨尔茨堡。次月创作了第一首小提琴协奏曲。7月14日至9月25日，进行第三次维也纳之旅⑧。10月左右，从旧城区谷物街的旧居搬到新城区汉尼拔花园的舞蹈教师之家。	
1774年 （18岁）	春天，慕尼黑的巴伐利亚选帝侯马克西米利安三世委托他创作歌剧。12月6日，出发前往慕尼黑⑨。	路易十六即位后，玛丽·安托瓦内特成为法国王后。
1775年 （19岁）	1月13日在慕尼黑首演歌剧《假扮园丁的姑娘》。 3月返回萨尔茨堡，集中创作了第二到第五总共四首小提琴协奏曲。	美国独立战争。 （1775—1783）
1776年 （20岁）	留在萨尔茨堡作为宫廷音乐家活动，创作小夜曲、嬉游曲、弥撒曲等多首作品。	美国通过《独立宣言》。亚当·斯密《国富论》出版。
1777年 （21岁）	9月23日，与母亲安娜·玛利亚前往曼海姆、巴黎进行求职旅行⑩。途经慕尼黑就业无果。在奥格斯堡与表亲玛利亚·安娜·泰克拉相交甚密。在奥格斯堡，被斯泰因的钢琴所吸引，对他8岁的女儿娜涅特的特殊才能产生兴趣。10月30日，到达曼海姆，认识了很多优秀的音乐家。进宫就职一事无果。写了几首长笛作品。	

续表

公历（周岁）	莫扎特的人生轨迹	历史事件
1778年（22岁）	结识了抄谱员韦伯的女儿、新晋女高音歌手阿洛伊西亚，计划与她一起去意大利，却遭到父亲来信严厉斥责。3月14日，从曼海姆出发，同月23日抵达巴黎。依靠旧识格林男爵寻找工作，但没有成功。圣灵音乐会的经理勒·格罗委托他创作交响曲，6月18日《D大调第三十一号交响曲》首演，大获成功。7月3日，母亲去世。9月，从巴黎出发。12月，前往慕尼黑欲拜访阿洛伊西亚，却遭无情拒绝。	
1779年（23岁）	1月15日，回到萨尔茨堡。	
1780年（24岁）	夏天，被慕尼黑宫廷委托创作歌剧。11月5日，前往慕尼黑⑪，并在当地进行歌剧上演前的准备，跨了年。	玛利亚·特蕾西亚女皇帝去世，享年63岁。约瑟夫二世开始独立统治。
1781年（25岁）	1月29日，歌剧《克里特王伊多梅尼奥》在慕尼黑首演。擅自延长假期，留在慕尼黑。与随后到达的利奥波德、南妮尔一起前往奥格斯堡，在维也纳的科罗莱多大主教很生气，把他叫去批评了一通。5月9日，与科罗莱多发生激烈冲突，放弃职务，迈开了在维也纳成为独立音乐家的第一步。	

续表

公历（周岁）	莫扎特的人生轨迹	历史事件
1782 年（26 岁）	7月16日，《后宫诱逃》在城堡剧院首演。8月4日，与阿洛伊西亚的妹妹康斯坦策·韦伯结婚。	克里斯蒂安·巴赫在伦敦去世，享年46岁。
1783 年（27 岁）	6月17日，大儿子莱蒙德·利奥波德出生。7月至11月底，萨尔茨堡返乡之行⑫。其间大儿子夭折。	
1784 年（28 岁）	2月，开始制作作品目录。3月17日的订购音乐会创下174名观众的纪录。8月23日，姐姐南妮尔与萨尔茨堡近郊圣吉尔根的地方管理官贝希托尔德·楚·索南博格结婚。9月21日，二儿子卡尔·托马斯出生，全家搬至格罗斯舒勒大街846号的费加罗之家居住。	
1785 年（29 岁）	2月11日，父亲及其弟子海因里希·马尔尚抵达费加罗之家，并于当晚参加了儿子的一系列订购音乐会。2月12日，在音乐会上与约瑟夫·海顿见面，收到他的称赞，此前的辛苦得到了回报。4月25日，利奥波德与弟子马尔尚返回萨尔茨堡。此后，父子二人再也没有见面。	
1786 年（30 岁）	5月1日，《费加罗的婚礼》在宫廷剧院首演。10月18日，三儿子约翰·托马斯·利奥波德出生，并于1个月后夭折。12月，《费加罗的婚礼》在布拉格上演。家计逐渐不支。	康斯坦策的表弟卡尔·玛利亚·冯·韦伯出生。

续表

公历（周岁）	莫扎特的人生轨迹	历史事件
1787年 （31岁）	1月8日至2月中旬，被《费加罗的婚礼》的相关演出人员邀请去布拉格旅行⑬。接到新作的委托，回到维也纳开始创作《唐·乔万尼》。4月左右，16岁的贝多芬从波恩来访，但两人大概没有直接见面。4月24日，搬到维也纳城外租金便宜的房子居住。5月28日，利奥波德在萨尔茨堡去世。10月1日至11月16日，为《唐·乔万尼》的首演事宜再次访问布拉格⑭。12月初，凭借《唐·乔万尼》的作曲费，再次搬到城内居住。12月7日，被约瑟夫二世任命为宫廷作曲家。12月27日，长女特蕾西娅·康斯坦齐亚出生。	美国制定宪法。德国作曲家格鲁克去世，享年73岁。
1788年 （32岁）	6月29日，出生半年的大女儿夭折。6月26日、7月25日、8月10日，完成第三十九至四十一共三首交响曲。家计急剧恶化，为了节省房租，再次搬到城外。向普赫贝格借钱的次数增加。	
1789年 （33岁）	年初，搬到维也纳市中心犹太人广场245号的"圣母之家"。4月8日至6月4日，受卡尔·利赫诺夫斯基的邀请前往柏林旅行⑮。期待受到普鲁士宫廷的新作委托，但并未收到大的订单。11月16日，二女儿在出生1小时后夭折。	7月，法国革命爆发，10月，国王一家迁往杜伊勒里宫。

续完

公历（周岁）	莫扎特的人生轨迹	历史事件
1790 年（34 岁）	1月26日，歌剧《女人皆如此》在城堡剧院首演。9月23日至11月20日，希望参加利奥波德二世的加冕礼，自掏腰包前往法兰克福旅行⑯。然而没有得到演出机会，债务却不断增加。其间，康斯坦策按照他的指示搬到了罗恩斯登巷970号的"克莱恩·凯撒之家"。	2月，约瑟夫二世去世，利奥波德二世即位。
1791 年（35 岁）	3月7日，收到席卡内德《魔笛》的作曲委托。7月26日，四儿子弗兰茨·克萨韦尔·沃尔夫冈出生，与此同时，布拉格的赞助人多梅尼科·瓜达索尼委托他创作庆典歌剧《狄托的仁慈》。随后，接到《安魂曲》的创作委托。8月15日左右至9月中旬，到布拉格进行《狄托的仁慈》的首演⑰。9月30日，《魔笛》在维也纳的维登剧院首演。12月5日凌晨0点55分，莫扎特与世长辞。	法国国王路易十六、王后玛丽·安托瓦内特逃往巴黎失败后被带回，并于两年后被处以死刑。

入门曲目推荐

《第十一钢琴奏鸣曲》的第三乐章是著名的《土耳其进行曲》。《第十六钢琴奏鸣曲》是学钢琴的人必学的曲目。在《第二十钢琴协奏曲》中，我们可以感受到莫扎特激烈的情感表达。《第五小提琴协奏曲》的最终乐章也加入了土耳其风格的音乐。

《单簧管协奏曲》中，请品味第二乐章的高雅曲调。歌剧很长，可以先从序曲和欢快的咏叹调听起。《第四十交响曲》的开头很有名。《小夜曲》想必大家也都知道。《安魂曲》虽然是严肃的音乐，听后必定能触及莫扎特的灵魂。

钢琴奏鸣曲

《A 大调第十一钢琴奏鸣曲》K.331

《C大调第十六钢琴奏鸣曲》K.545

协奏曲

《d小调第二十钢琴协奏曲》K.466

《A大调第五小提琴协奏曲》K.219

《A大调单簧管协奏曲》K.622

歌剧

《费加罗的婚礼》K.492：序曲、《你这多情的花蝴蝶》

《魔笛》K.620：序曲、《我是快乐的捕鸟人》、《巴巴巴二重唱》

交响曲

《g小调第四十交响曲》K.550

弦乐合奏曲

《G大调第十三弦乐小夜曲》（《小夜曲》）K.525

宗教声乐曲

《d小调安魂曲》K.626

出品人：许 永
出版统筹：林园林
责任编辑：吴福顺
特邀编辑：陈珮菱
封面设计：刘晓昕
封面插画：北泽平祐
版式设计：张晓琳
印制总监：蒋 波
发行总监：田峰峥

发　　行：北京创美汇品图书有限公司
发行热线：010-59799930
投稿信箱：cmsdbj@163.com

创美工厂
官方微博

创美工厂
微信公众号

小美读书会
微信公众号

小美读书会
读者群